漢詩から読み解く

西郷隆盛のこころ

諏訪原 研

大修館書店

まえがき

わが国の人物評伝のなかで、西郷隆盛を扱った本は群を抜いて多い。なぜかくも西郷は語られるのか。かつて海音寺潮五郎氏が、西郷隆盛は明治維新史そのものであると喝破したように、近代日本の夜明けである明治維新を語るとき、西郷を抜きにしては語れないのがその大きな理由であろうが、彼の人間としてのカリスマ的な魅力と、その波乱に満ちた劇的な人生もまた、人々の心をひきつけてやまないのではないか。

私が西郷に興味を抱くようになったのは、海音寺氏の小説『西郷隆盛』を読んでからである。それまではさほど関心のある人物ではなかった。若い頃はむしろその忠君愛国的な思想に対して反発めいたものを感じ、反動の権化のような人物としてとらえていた。

今でも彼の皇国史観にはなじめないが、彼とてやはり時代的制約を免れなかったのであり、人間存在が環境に規定される以上、思想的限界があるのは当然のことで、それよりも彼の人柄や窮地に立たされた時の胆力に強く惹かれるようになった。そしていつしか、故郷の英雄である西郷について何か書きたいと大それたことを考えるようになった。

そうした折、たまたま広島カープの黒田博樹投手の引退が世間の耳目を集めていて、彼の座右の銘が西郷の「雪に耐えて梅花麗し」という漢詩の一句であったことを知った。従来の西郷の評伝本に物足りなさを感じていた私は、これだと思った。漢詩には作者の魂が込められているわけで、西郷の漢詩を読めば彼の心に直に触れられることに気づいたのである。

西郷は二百首近い漢詩を残していて、そのほとんどが正しい平仄や押韻を踏まえた本格的なものである。この本では、それらの詩の中から中国の古典や故事に関連のある言葉を含んだものを中心に選び出し、読みと解説を施すとともに、分かる範囲でその詩にまつわるエピソードや西郷の置かれていた状況、及び時代的背景も併せ記した。

多くの漢詩の中からとくに中国古典に典故をもつ詩を選んだ理由は、幕末の志士たちから「胆力あり、学問あり」と評された西郷の文人的側面を浮かび上がらせたかったからであり、また、典故を知ることで、いっそう深く西郷の詩を理解できると思ったからである。

なお、取り上げた漢詩の底本としては、西郷南洲顕彰会刊行の『増補 西郷隆盛漢詩集』（山田尚二・渡邊正共編）を用い、大和書房『西郷隆盛全集 第四巻』も適宜参考にさせていただいた。また、漢詩の書き下し、および現代語訳は私の責任でおこなった。

目次

漢詩から読み解く

西郷隆盛のこころ

第一章　「死」の体験

本の書き出しを、「死」のことから始めるなんて、どういう了見だ、哲学書ではないんだぞ、というお叱りを受けるかもしれない。たしかに、ある人物の伝記なり作品の評論なり、その人物に関係するものを書こうと思うなら、ふつう、その人物の誕生から始めて、少年・青年期を経て、壮年期、そして晩年へと、順を追って書き進めるのが常である。

しかし、いわゆる西郷本は世にごまんとあり、いまさら私が西郷の生い立ちや、ひとかどの人物へと成長していく過程を論じなくても、そのたぐいの本を読めば事足りよう。この本は、そのような単なる人物評伝ではなく、西郷の詠んだ詩を通して、その学問や思想のありように迫るのが目的である。

そこで私は、西郷のかかわった「死」にまつわる話から始めようと思う。彼の場合、尊敬する人の死と自死未遂事件、および後の章で述べる罪を得ての遠島生活こそ、その人となりや生き方・考え方を決定づけた大きな要因であったと思うからだ。

人が「死」を知るきっかけは、ふつう身近な人の死である。私の場合も、中学生の頃、母方の祖母の死に臨んではじめて、「死」というものの一端に触れた。私が住んでいた地方ではまだ土葬が行われていて、村人の掘ってくれた墓穴に祖母の亡骸《なきがら》が棺ごと埋められた。私は棺の上から土をかぶせながら、人は死んだら土に返るというが本当にそうなんだ、と改めて思ったものである。

西郷の場合も、まずは人の死として訪れた。身内ではなく赤の他人ではあったが、その死は「節義の死」として、彼の人生に大きな影響を及ぼすことになった。

一、偏《ひとえ》に世上《せじょう》の寒《かん》を憂《うれ》ふ ——断腸の思い——

西郷が郡方書役助《こおりがたかきやくたすけ》として藩に出仕していた二十代前半のころ、藩内は、藩主斉興《なりおき》の継嗣《けいし》問題で揺れていた。もともと正妻の子斉彬《なりあきら》が世子《せいし》（世継ぎ）として決まっていたが、斉興は、寵愛している側室由羅《ゆら》の子の久光《ひさみつ》を世子にしたいと考えるようになった。

　斉彬派の高崎五郎右衛門らは、久光擁立を策動していると思われていた筆頭家老島津久《ひさ》徳《のり》らの殺害を企てたが、藩庁に察知される所となり、切腹を命じられる。それに連座する者五十余名、うち十三名が切腹を申し付けられた。これは「高崎崩《くず》れ」または「お由羅騒動」と呼ばれ、一時、斉彬派は継嗣問題で劣勢に立たされることになる。

　西郷は、十六年後の雪の降る夜、京都で国事に奔走する合間に、事件の首謀者として切腹した高崎を追悼する詩を詠んでいる。

高崎五郎右衛門十七回忌日賦焉(一)

高崎《たかさき》五郎右衛門《ごろうえもん》の十七回忌《じゅうしちかいき》の日《ひ》に賦《ふ》す(一)

不レ道二厳冬冷一　厳冬《げんとう》の冷《れい》を道《い》はず
偏憂二世上寒一　偏《ひとえ》に世上《せじょう》の寒《かん》を憂《うれ》ふ
回レ頭今夜雪　頭《こうべ》を回《めぐ》らせば今夜《こんや》の雪《ゆき》
照得断腸肝　照《て》らし得《え》たり**断腸**《だんちょう》の肝《かん》

出してくれる

厳しい冬の冷たさなど問題ではない
ただ高節の士を見放した世人の冷酷さを嘆くばかりだ
振り返ってみると、今夜の雪は
十六年前に切腹して果てた高崎五郎右衛門の激烈な忠誠心を、まざまざと照らし
出してくれる

○断腸…はらわたが千切れるほどの悲痛な思い。○肝…こころ。ここでは忠誠心。

西郷の感じた「世上の寒（世の人の冷酷さ）」とは、いったい何を指しているのだろうか。

慶応元年（一八六五年）といえば、西郷にとっては再婚した年であり、国事では、第二次長州征伐が取り沙汰され、薩摩藩は幕府のこの動きに反対して出兵を拒否し、薩長同盟が着々と進んでいた年である。まさに公私ともに充実していた頃なのである。

そうすると、この「世上の寒」とは、十六年前に由羅派を取り除こうとして決起した高崎五郎右衛門らの義挙を、当時の藩政府が罪過として裁いたことの非情さをいうのだろう。

西郷は、その十七回忌に当たり、当時の藩のやり方に改めて憤《いきどお》りをおぼえ、嘆いているの

である。

さて、詩中に出てくる「断腸」は、中国古典に由来する故事成語である。その語源となった故事は、『世説新語《せせつしんご》』黜免篇《ちゅつめん》（「黜」は、退ける意）に見えるが、私は以前、拙著《せっちょ》『漢語の語源ものがたり』（平凡社新書）でこの成語について解説しているので、ここではそれを引用させてもらう。

東晋の将軍桓温《かんおん》が、蜀《しょく》（四川省）の李勢《りせい》を討伐するために長江を上って行った。世に三峡《さんきょう》といわれる地点に差しかかった。峡谷の長さは実に七百里（今の約七十里）、両岸には山が連なり、ほとんど途絶えるところがない。岩を重ね峰を連ね、空も隠れて日も見えないという難所である。

そこを通過する際、部隊の中のある武人が子猿を捕まえた。すると母猿が岸辺から哀しげに叫び、百里あまりも追ってきた。そしてついに自ら船の中に跳び込んできたが、そのまま息絶えてしまった。その腹を裂いてみると、あまりの悲痛さゆえか、腸がずたずたにちぎれていたという（破りて其の腹中を見れば、**腸**、皆寸寸に**断**たる）。

桓温はそのことを聞き知り、子猿を返してやらなかった武人の非情さに憤り、すぐに部隊から追放した。

このように、「断腸」という語は、もともと人間に捕らえられた子猿の運命を悲しむ母猿の思いから出てきた言葉なのであるが、それ以来、胸の奥の憂い、悲しみ、憤り、後悔など、強烈な感情を表す語として詩などでよく用いられるようになった。

西郷は、ほかの詩（「甲子《かっし》元旦」、「猟中逢雨（猟中《りょうちゅう》雨に逢ふ）」、「移蘭志感（蘭《らん》を移して感を志《しる》す）」と題する詩）のなかでも、この語を用いている。

二、歳寒《としさむ》くして松操《しょうそう》顕《あら》はる――堅い節操――

高崎五郎右衛門を追悼する詩はもう一つある。西郷は、なぜかくも彼の死にこだわったのか、それは、高崎崩れで連座した赤山靱負《あかやまゆきえ》の死にある。

藩主島津氏の分家である日置《ひおき》の島津家の次男であった赤山靱負は、高崎と同じく斉彬擁立派の中心人物であった。西郷の母方が日置家と関係が深く、その縁で父吉兵衛《きちべえ》も赤山家の家政に携わっていたので、靱負が切腹の折、吉兵衛も立ち会った。

靱負はふだんから五歳年下の西郷に何かと目をかけてかわいがり、切腹するときも、自分の着衣を西郷に与えるように吉兵衛に遺言した。西郷は父から形見の血染めの肩衣《かたぎぬ》を渡され、切腹時のようすをつぶさに聞いて、終夜泣きとおしたという。

二十二歳の西郷にとって、兄とも崇《あが》め慕《した》った靱負の死は、強烈な印象を残した事件であった。それゆえ、同じ志を持って果てた首謀者の高崎の死も、靱負の死と同様に決して忘れることのできない出来事だったのである。

高崎五郎右衛門十七回忌日賦焉(二)

高崎《たかさき》五郎右衛門《ごろうえもん》 十七回忌《じゅうしちかいき》の日《ひ》に賦《ふ》す(二)

歳寒松操顕
濁世毒㆓清賢㆒
対㆑雪無㆑窮感
空過十七年

歳寒《としさむ》くして松操《しょうそう》顕《あら》はれ
濁世《だくせい》清賢《せいけん》を毒《どく》す
雪《ゆき》に対《たい》して窮《きわ》まり無《な》きの感《かん》
空《むな》しく過《す》ぐ十七年《じゅうしちねん》

季節が寒くなり他の樹木が葉を落とすとき、初めて松の緑の変わらぬ節操が現れてくる（厳しい時勢に遭遇して、はじめて高節の士の真価が現れる）
だが、濁った世の中では、その清節・賢明な士も迫害されてしまう
高崎氏は雪の降る夜に死を賜わったが、その命日の今日、同じように降る雪を見て、追悼する気持ちが尽き果てることはない
この十七年、氏の思いを継いだ自分も、いまだに世直しの志を遂げられず、むなしく日にちばかりが過ぎてしまった

○松操…松の木が一年中緑を失わないことを、堅い節操に見立てたもの。○清賢…心が清らかで、徳のある立派な人物。

承句の「濁世毒清賢（濁世清賢を毒す）」は、前の詩の「世上寒（世上の寒）」と同じ意味を含んでいると思われる。つまり、高崎の忠誠心を罪過として藩が処断したことを嘆いているのである。西郷は、高崎らの遺志を引き継いで、皇国のために活動しているのだが、思うような成果がなかなか上げられない、そういった徒労感さえ伝わってくる詩である。

起句の「歳寒松操顕（歳寒くして松操顕はる）」は、成語の「歳寒の操《みさお》」、あるいは「四字熟語の「歳寒松柏《さいかんしょうはく》」をふまえた表現で、『論語』子罕《しかん》編に次のような文句が見える。

子曰《しい》はく、**歳寒《としさむ》くして**、然《しか》る後《のち》に**松柏《しょうはく》**の彫《しぼ》むに後《おく》るるを知る。

（先生が言われた、「季節が寒くなって、はじめて松や柏《ひのき》（わが国の落葉高木の「かしわ」ではなく、「ひのき」に似た常緑樹）が、緑色のまま散らずに残っているのがわかる。」）

ここから、困難に遭《あ》って初めて人物の節操の堅さやその真価がわかることを、「歳寒の操」または「歳寒松柏」と表現するようになった。

平穏無事なときは、自分の節操の堅さや男らしさを臆面《おくめん》もなく誇っている人が、状況が悪くなると、途端《とたん》に前言を翻《ひるがえ》したり、権勢家におもねったりするのをまま見かける。「歳寒松柏」の人はそれとは逆で、ふだんは特に優れているようには見えないが、困難な状況に立ち至ったときに、あくまでも正しい態度を貫き、粘り強く事の解決に当たるような人物のことである。星は、明るい昼間は見えないが、夜になるとその輝きが誰の目にも明らかになるのと同じである。

西郷は、高崎をはじめ、赤山など事件に連座して死んでいった志士たちに思いをはせ、その堅い節操を今一度詩にとどめて、世に顕彰《けんしょう》したかったのだろう。また、自分でも、先人の高節にあやかりたいと思っていたに違いない。後の第五章で触れる「蒙使於朝鮮国之命（朝鮮国に使するの命《めい》を蒙《こうむ》る）」と題する詩でも、「歳寒操（歳寒の操）」という成語を用いていることからも、西郷にとって節操を守るということがいかに重要な徳義であったかがわかる。

さらにもう一例、西郷に影響を与えた「人の死」として、どうしても取り上げなければならないのは、主君斉彬の突然の死である。

十六歳（年齢は「詳説 西郷隆盛年譜」山田尚二《しょうじ》編による。以下同じ）のとき郡方書役助として藩庁に奉職した西郷は、年貢の見積もりや取り立てを主な業務とする農政に十年間携わった後、二十六歳で江戸詰めを命ぜられ、斉彬の参勤交代に初めてお供することになった。

江戸に着くとまもなく、こんどは庭方役《にわかた》に抜擢された。地位は低いものの、斉彬の命令を直《じか》に受けて行動する重要な役職であった。西郷に対する斉彬の信頼は篤《あつ》く、あるとき、越前藩主松平春嶽《まつだいらしゅんがく》に、「私、家来多数あれども、誰も間に合う者なし。西郷ひとりは薩国貴重の大宝なり。しかしながら彼は独立の気象あるがゆえに、彼を使う者、私ならではあるまじく」（松平春嶽著『逸事史補《いつじしほ》』）と、斉彬が語ったという。

西郷のほうでも、自分に期待を寄せてくれる斉彬に対して、一方《ひとかた》ならぬ恩義を感じており、いつでも命を投げ出すつもりでいた。斉彬が急病で倒れたとき、鹿児島にいる親友の福島矢三太《ふくしまやさんた》に書簡を送り、そのなかで、この災厄《さいやく》は由羅一味の呪詛《じゅそ》によるものに違いなく、主君にもしものことがあれば、自分は切腹覚悟で由羅を斬るつもりだとして、「死することは塵埃《じんあい》のごとく明日をも頼まぬ儀《ぎ》にござ候《そうろう》（死ぬことはちりあくたのように取るに足りない些細《ささい》なことと思っており、将来に対して何の未練もない心境でございます）」と、激烈なことを述べている。

このように、心から慕い、命を賭《と》して仕えることを誓った斉彬が、鹿児島で急死する。斉彬のお側に控えるようになって四年後の、西郷が三十歳の時である。遠く離れた京都で主君の死を知った西郷の驚きと落胆は、いかばかりであっただろうか。

この斉彬の突然の死は、西郷に、運命というものの理不尽さ、不可解さを強烈に植えつけたに違いない。そして、「死」というものについて深く考えさせ、その後の彼の人生観に多大の影響を及ぼしたはずなのだ。

ところが不思議なことに、後年漢詩を作るようになってから、斉彬のことを詠んだ詩は一作もない。これはどう考えたらいいのだろうか。思うに、漢詩に詠むのもはばかられるほどの秘めた思いというものがあるのだろう。表白するにはもったいないほどの深い思いというものが。

さて、私たちが「死」を知る手立てとして、もう一つ、「自分の死」を体験するということが考えられる。しかし、これは言うまでもなく特別な場合であって、ふつうは「自分の死」を体験することはできない。なぜなら、「死」と同時に「死の体験」自体も消滅するからである。

だから、「死」を体験したと言えるのは特別な場合、すなわち、死んだはずなのに生き返った場合だけである。西郷は、そのまれなケースの「蘇生」を体験した。そしてそのことが彼の人格形成に図り知れない影響をもたらすのである。

三、豈《あ》に図《はか》らんや波上《はじょう》再生《さいせい》の縁《えん》——死生の超越——

主君の斉彬が鹿児島で亡くなったことを知り、将軍継嗣問題に関連して京都で活動していた西郷は、突然生きる支えを奪われてしまった。神とも崇《あが》めた斉彬のいない人生など、もはや何の意味もないものに思われ、墓前で殉死《じゅんし》することを真剣に考えた。そんなとき、斉彬の遺志を継ぐのはあなたしかいないと励まし、殉死を思い止まるように説得したのが、京都清水寺成就院《じょうじゅいん》の僧月照《げっしょう》だった。西郷はその説得を受け入れ、気を取り直して、再び国事に奔走し始めるのである。

そのころ、井伊直弼《いいなおすけ》による安政の大獄《たいごく》が吹き荒れ、おもだった勤皇の志士たちが次々に捕まえられ処罰された。勤皇派の公家近衛忠煕《このえただひろ》は、志士たちとの連絡役を勤めていた月照に追及の手が伸びてきたのを察知し、親密な関係にあった薩摩藩に保護を求めてきた。そこから西郷と月照との逃避行が始まる。

西郷らは、大阪から船で下関に渡るが、薩摩藩で月照をかくまう手筈《てはず》を整えるため、西郷だけ先に薩摩に向かい、月照は、大阪から同行した有村俊斎《ありむらしゅんさい》らが後から連れてくることになった。

先行して鹿児島に帰ってきた西郷を待ち受けていたものは、まさに失望させられるような事態だった。斉彬亡き後の薩摩藩は、引退したはずの斉興《なりおき》が、若い新藩主忠義《ただよし》の祖父として再び実権を握り、保守的な姿勢に回帰していた。斉興は月照の保護を藩に求めた西郷に会おうともせず、幕府の追及を恐れ、月照を藩外に連れ出して処分するように命じた。
西郷としては、京都でともに運動してきた同志であり、しかも主君の斉彬のあとを追って死のうとした自分を諫めてくれた人を殺すことなど出来るはずもなく、命ぜられた日向《ひゅうが》に連れて行く途中の船上から、二人抱き合って投身した。死のうということは、船で乗り出す以前からすでに打ち合わせていたようで、ともに次のような辞世の歌を書き遺している。

月照辞世歌
曇りなき心の月も薩摩潟《がた》沖の波間《なみま》にやがて入りぬる
大君《おおきみ》のためには何か惜しからん薩摩の瀬戸に身は沈むとも（「瀬戸」は、「迫門《せと》」とも）

隆盛辞世歌
ふたつなき道にこの身を捨小舟《すてこぶね》波立たばとて風吹けばとて（「波立たばとて風吹けばとて」は、「波立たば立て風吹けば吹け」とも）

なお、東郷實晴《とうごうさねはる》氏は、その著書『西郷隆盛――その生涯――』（斯文《しぶん》堂）のなかで、西郷が入水したとき口ずさんでいた歌は、肥後藩の尊王家長岡監物《ながおかけんもつ》が、月照をかくまうために薩摩に帰る途中の西郷に面会したときに与えた歌であるとして、次の歌を紹介している。

君がため身は捨て小舟捨ててまた思えばさわぐ浪風もなし

表現は多少異なるが、「身は（を）捨て小舟」「浪（波）」「風」などの用語が共通しており、監物の歌の焼き直しだと指摘する東郷氏の意見は傾聴に値しよう。

さて、藩の足軽坂口周右衛門《さかぐちしゅうえもん》の漕《こ》ぐ船には、福岡から月照に同行してきた筑前脱藩士の平野国臣《ひらのくにおみ》と、京都から月照に付き従ってきた従僕の重助《じゅうすけ》も乗っていた。異変に気付いた二人は、すぐに海中に沈んだ二人を助け上げ、岸辺の小屋まで運んで介抱したが、月照は絶命し、西郷ひとりが蘇生した。

この事件から十数年後の明治三年（一八七〇年）、西郷が当時を振り返って詠んだ詩がある。

月照和尚忌日賦

相約投㆑淵無㆓後先㆒
豈図波上再生縁
回㆑頭十有余年夢
空隔㆓幽明㆒哭㆓墓前㆒

月照《げっしょう》和尚《おしょう》の忌日《きじつ》に賦《ふ》す

相約《あいやく》して淵《ふち》に投《とう》じ後先《こうせん》無《な》し
豈《あ》に図《はか》らんや波上《はじょう》再生《さいせい》の縁《えん》
頭《こうべ》を回《めぐ》らせば十有余年《じゅうゆうよねん》の夢《ゆめ》
空《むな》しく幽明《ゆうめい》を隔《へだ》てて墓前《ぼぜん》に哭《こく》す

月照和尚と死を誓いあって錦江湾に身を投げ、一緒に死ぬはずだった
ところが、波上に再び生をうけるとは、どうして予想し得たろうか
あの日のことを思うと、この十年余りはまるで夢のようだ
あの世とこの世にむなしく隔てられたいま、墓前で声を出して泣くばかりだ

○忌日…月照和尚の十三回忌である一八七〇年十一月十六日。○淵…鹿児島市の竜《りゅう》ヶ水《みず》人崎鼻沖の錦江湾の海中。○後先…死に後れることと先立つこと。○幽明…あの世とこの世。

西郷としては、まったく思いもよらぬ蘇生であった。斉彬が死んだとき、一度は死を決意しながら死なず、今度もまた、死を決行しながら死ねなかったのだ。

この出来事があった約一か月後に、肥後藩の長岡監物に書簡を送っているが、そこには、自分がいまや「土中《どちゅう》の死骨」に過ぎず、「忍ぶべからざる儀」をひたすら耐え忍んでいること、かくなる上は、「皇国のために暫く生を貪《むさぼ》り居《お》」ることに思い定めたことなど、「武運拙《つたな》く」生き延びてしまったことへの苦しい胸の内が吐露されている。

この事件の後、幕府の追及を逃れるため、西郷の体格によく似た罪人の死骸を西郷の代わりに埋めて葬り、藩命で名前を「菊池源吾」と変え、奄美大島に身を隠すことになる。そこには旧知の重野《しげの》安繹《やすつぐ》（後の東大文学部教授で、明治期の実証史学の草分け）も流されていて、再会を果たすのであるが、話が月照和尚との入水事件の顛末《てんまつ》に及んで、西郷が次のような感想を漏らしたという。

西郷隆盛書「月照和尚忌日賦」（橋本秀孝氏所蔵）

「さてさて残念な事をした。和尚独り死なして自分一人死に損ない活きて居るのは残念至極だ。士の剣戟《けんげき》を用いずして身を投げるなどということは、女子のしそうなことで、誠に天下の人に対しても言い分けがない。」

そして、「剣戟」を用いずに、あえて「投身」という手段を用いたことについて、「和尚は法体（仏に仕える身）のことであれば」剣戟を用いるのはよくないと考えたのだという。

これは『重野安繹演説筆記』からの引用だが、西郷自身のこの事件に関する生々しい証言がうかがえて興味深い。重野は、その後の西郷のたどった人生を考え合わせて、この演説で次のように述べている。

「南洲はこの事あってより後は、自分が死に損なって和尚に気の毒であるという考えが脳髄に留まっていて、始終死を急ぐ心持があったと思われる。」

西郷の一生を見届けた旧友ならではの感想として傾聴に値するが、西郷がはたして死に急いでいたかどうか、議論の余地がある。西郷が奄美大島に渡る直前、大久保利通ら同志たちに宛てた手紙の中でこう述べている。

「如何《いか》にしても天朝の御ために忍ぶべからざるの儀も相《あい》忍び、道の絶え果て候までは尽くすべきの愚存《ぐそん》にござ候。」

皇国のため、恥を忍んで、命の続く限り尽くすつもりであることを誓っているのである。ここには、「死に急ぐ」というよりは、「命」を目的完遂のための手段と見切っている感がある。井上清氏は著書『西郷隆盛』のなかで、この辺りの西郷の心境を、

「生きる意義があるかぎりは生命を大切にする。決して死を急がない。むろん生をむさぼるのではなく、ここぞというときに生命を投げ出すのは惜しくも苦しくも何ともない、真に死生を超越するものである。」

と分析しているが、まことに同感である。

これは余談だが、入水した二人が運び込まれた小屋は、JRの線路わきに復元されていて、電車の窓から見ることができる。

船に同乗していた平野国臣は、その後もう一度来鹿するが、その時に詠じた歌、「わが胸の燃ゆる思ひにくらぶれば煙は薄し桜島山」は、彼の意気軒高な勤王精神を高らかに歌い上げたものとして有名である。

西郷と月照が運び込まれた小屋（復元）

西郷は、生涯写真を撮らなかったが、ひとつには、月照と入水した時点ですでに自分は死んだので、その後の自分の姿は本物ではないという思いがあったのではないかと言われている。

では、本当のところ、西郷は「死」をどのように考えていたのだろうか。その参考になるのが、沖永良部島《おきのえらぶじま》に流されていたとき、操坦勁《みさおたんけい》（島の漢学者操坦晋《たんしん》の孫。坦晋は蔵書一千冊を操家に残しており、西郷はしばしば借りて読んでいた）をはじめとする島の子供たちに西郷が講義した『孟子』の講義録である。

『孟子』尽心章句上《じんしんしょうくじょう》に、次のような文言がある。

孟子曰く、「殀寿《ようじゅ》貳《たが》わず、身を修めて以て之《これ》を俟《ま》つは、命《めい》を立つる所以《ゆえん》なり。」

（『孟子(下)』岩波書店）

小林勝人氏は、この章句を次のように訳している。

「短命もよし、長寿もよし、ひたすら天命に順って、ただ一すじに自分の身を修めて静かに天命の至る（寿命の尽きる〈筆者注〉）のを待つのが、天命を尊重する道である。」

西郷は、この章句を子供たちが理解できるように説き聞かせているのであるが、やはり今となっては難しい言葉も使われているので、私の方でその講義録を現代語に直したものを次に示そう。

この世に生きているものは、一度は必ず死なないわけにはいかない。これが天理〈天の道理〈筆者注〉〉であり、これがわかったならば、長生きとか若死《わかじ》にとかを何も気にすることはないのだ。そもそも人は、たったいま生まれたということがわかって生まれてくるものではないから、いつ死ぬということも知りようがない。だから、生とか死とかいう区別があるわけではないのだ。このように生と死が別々に二つあるのではないと合点する心が、「殀寿貳わず」ということなのだ。この合点ができれば、その心は天理に沿ったものとなり、言行すべてが天理に恥じないものとなる。一身がそのまま天理になり切るとき、それが「身修《おさま》る」ということなのだ。そうなると死ぬということがないから、天命に順って生き、天から授かったままで寿命を天にお返しするのだ。死は生と少しもかわることはない。なぜなら、まさに天と人とは一体であって、死ぬということは天命を完遂したということなのだからね。

当時（一八六二年）、西郷は座敷牢のなかに起居していたから、牢内から外にいる子供たちに講義したことになる。この講義録は、今も操家に残されているというが、『西郷南洲遺訓』（山田済斎《せいさい》編、岩波書店）にも、「三、遺教」〈死生の説〉と銘うって原文が掲載されている。原文に触れると、西郷の息吹・呼吸みたいなものが直接伝わってきて、まるで西郷先生の授業を受けているような錯覚におちいる。

この講義からうかがわれる西郷の死生観をまとめれば、次のようなことになろうか。

「一身がそのまま天理になり切るとき、天と人とは一体となるのだから、死は生と少しもかわることはない。つまり、死即生、生即死なのであって、生と死の区別があるわけではないので、死ぬということもない。」

この「生と死は一体である」という死生観は、その後、西郷が事を処する際に、盤石《ばんじゃく》の拠り所となる。彼が大胆且つ果断な行動をとって周囲を感嘆せしめたのも、このような確固とした死生観が根底にあったからであろう。

第二章　二度の遠島

西郷は、奄美大島、徳之島、沖永良部島の三つの島に流されているが、徳之島と沖永良部島は、国父（藩主の父）久光《ひさみつ》の怒りを買って、立て続けに流された島なので、これを一回分の島流しとみなすと、計二度、島流しに遭っている。

最初の奄美大島のときは、入水事件を図ったものの蘇生した西郷を藩として殺すわけにもいかず、処置に窮した挙句《あげく》、島でかくまうことにしたもので、罪人ではなく、俸禄《ほうろく》としての六石《こく》の扶持米《ふちまい》も付いていた。

島での生活はおおよそ自由で、最初は戸惑ったものの、そのうち島人ともうちとけ、愛《あい》加那《かな》という島妻まで娶《めと》っている。そして一男一女をもうけ、貧しいながらも楽しく充実した家庭生活を送った。ふだんは村の子供たちに読み書きを教えたり、第一章で触れた重野安繹や漢学者の岡程進儀《おかていしんぎ》らと交流したり、狩猟をしたりして過ごした。

岡からは漢詩の手ほどきをしてもらったようだが、あまり熱心ではなかったようで、この時の作品は何も残されていない。やはり、さほど不満のない生活のなかに、文学作品は生まれないということか。こういう穏やかな生活が、三年後の本土召還の日まで続く。

ところが、徳之島、沖永良部島への遠島は、奄美の場合とがらりと変わる。そもそもこの二度目は、罪人としての遠島である。この二度目の遠島、とくに沖永良部島での苦しい生活の中で文学に目覚め、漢詩を作るようになるのである。

一、天歩《てんぽ》艱難獄《かんなんごく》に繫《つな》がるる身《み》——天を怨《うら》みず、人を尤《とが》めず——

大老井伊直弼が暗殺された桜田門外の変（一八六〇年）の後、薩摩藩では、当主島津忠義の父久光が、国父という地位に就いて藩政を実質的に掌握した。そして、公武合体を実現するため、いよいよ兵を率いて江戸に上ることになった。そこで、大久保利通の進言を入れて、若い藩士たちに絶大な人気のある西郷を奄美から召還することにした。こうして西郷は、実に三年ぶりに鹿児島の土を踏むことになった。

久光の率兵東上に際し、西郷の役割は、九州各藩の動静を探りながら本隊に先行し、本州の玄関口である下関で久光一行の到着を待つというものだった。

ところが、西郷が下関に到着すると、同志から京阪の尊王激派の若者たちが暴発寸前であると聞かされ、今すぐ京阪に行って激派の若者たちを統制する必要があると考え、久光一行の到着を待たずに出発してしまった。これが後れてやって来た久光の怒りを買う一つの原因となった。さらに姫路に到着した久光のもとに、西郷が京阪で激派を扇動しているという根拠のない情報がもたらされ、もはや久光の怒りは抑えようもなく沸騰し、西郷を捕縛して厳罰に処することにした。

こうして、奄美から復帰してわずか二か月しか経たないうちに任務を解かれ、今度は罪人として遠島に放逐《ほうちく》されることになった。流刑地は、はじめ奄美大島のすぐ南にある徳之島であったが、久光はここでは懲らしめ足りないと思ったか、その二か月後には、もっと南の沖永良部島に西郷を移すように命じた。この島は徳之島と琉球の中間に位置し、当時はここへの配流が最も重い処分だった。

偶成

天歩艱難繫レ獄身
誠心豈莫レ慙二忠臣一
遥追二事蹟高山子一
自養二精神一不レ咎レ人

偶成《ぐうせい》

天歩艱難《てんぽかんなん》獄《ごく》に繋《つな》がるる身
誠心《せいしん》豈《あ》に忠臣《ちゅうしん》に慙《は》づること莫《な》からんや
遥《はるか》に事蹟《じせき》を高山子《たかやまし》に追《お》ひ
自《みずか》ら精神《せいしん》を養《やしな》ひて人《ひと》を咎《とが》めず

国家が困難に陥っているのに、私は牢獄に繋がれる身となった
こんなことでは、私の忠誠心など、真の忠臣に対して何とも恥ずかしいことだ
昔の勤皇の志士・高山彦九郎先生の事蹟に倣《なら》い
自ら精神修養に努め、他人を咎めるようなことはすまい

○偶成…作ろうと意図せず、たまたま詠んだ詩。○天歩艱難…天運が悪く困難の多いこと。
○高山子…江戸後期の勤王の志士・高山彦九郎（一七四七−一七九三）のこと。

アメリカをはじめとする西欧列強が日本に開国を求めてくるなか、尊王思想の高まりもあって、徳川幕府は国内外の諸問題で難しい舵取りを迫られていた。そういう国家多難な時に、西郷は久光の怒りに触れて活動の自由を奪われ、忠誠心を発揮しようにもできない状況に追い込まれてしまった。

久光の怒りの原因となった命令違反と激派の扇動に対しては、それぞれ言い分があるけれども、誤解を招いたのは自分にも落ち度があったからであり、いまは高山彦九郎先生を見習って、他人を責めるようなことはせず、ひたすら自己の精神修養に努めようというのである。

起句のなかの「天歩艱難」という語は、中国最古の詩集である『詩経《しきょう》』の小雅篇《しょうが》・白華《はくか》（全三十二句）の第七句目に見える語である。「天歩」は、太陽・月・星といった天体の歩み、すなわち天の運行のことで、そこから、国家の運命を意味している。

『詩経』は、孔子が編纂したと言われており、儒家の尊重する五つの聖典（五経）のうちの一つである。『詩経』を出典とする語を用いていることから、西郷がこの漢詩集にも通じていたことがよくわかる。

高山彦九郎は、上野国《こうずけ》（今の群馬県）に生まれ、十八歳の時、遺書を残して家を出て、不退転の決意で全国に勤皇論を説いて回った。最後は幕府に目をつけられ、逃亡先の九州筑後国《ちくご》（今の久留米市）の友人宅で自刃《じじん》して果てた。林子平《はやししへい》、蒲生君平《がもうくんぺい》とともに、寛政の三奇人（三人の立派な人物）と呼ばれた。西郷は、高山に私淑《ししゅく》していたようで、沖永良部への遠島の際には、彼の伝記を携えて行ったという。

「人を咎めず」の「人」とは、一般的な意味の「人」とも取れるが、西郷の心中では、島津久光に自分を讒言《ざんげん》して冤罪《えんざい》のもとをつくった、有村俊斎と伊地知貞馨《いぢちさだか》のことを思っていたに違いない。

有村俊斎とは幼少からの知り合いで、若い頃は『近思録』（朱熹《しゅき》著）の勉強会を一緒にやっていた仲間でもあったが、もともと思慮浅薄で権威に弱く、当時は忠義ぶって久光の顔色ばかりうかがっていた気味があった。

伊地知貞馨のほうは、以前、長州の長井雅楽《ながいうた》の航海遠略策（単純な外国人排斥の攘夷運動を棄て、むしろ積極的に外国と通商航海して国力を蓄え、その上で外国に対抗していこうとする論。後の明治政府の国策に通じるところがあるが、当時は時期尚早《しょうそう》であった）に同調したことを西郷から叱責されたことがあって、それを根に持っていたのである。

「人を咎めず」という言葉は、『西郷南洲遺訓』にも見え、その遺訓二十五に、

「人を相手にせず、天を相手にせよ。天を相手にして、己れを尽《つくし》て人を咎めず、我が誠の足らざるを尋ぬべし。」

とある。

正しい道を行おうと思うなら、人ではなく天を相手にして、自分の最善を尽くせ。うまくいかなかったときは人を責めるのでなく、自分の誠意の至らなさを反省せよ、というのである。

「人を咎めず」という言葉は、『論語』憲問編に次のように見える。

「子曰はく、我れを知ること莫《な》きかな。子貢《しこう》曰はく、何為《なんす》れぞ其《そ》れ子《し》を知ること莫《な》からん。子曰はく、天を怨《うら》みず、**人を尤《とが》めず**、下学《かがく》して上達す。我れを知る者は其れ天か。」

遺訓中の「咎」の字が、『論語』では「尤」になっているが、意味は同じである。

実は、この章句は「下学上達《かがくじょうたつ》」という四字熟語の由来となっており、拙著『四字熟語で読む論語』(大修館書店)でも取り上げたことがあるので、そこでの訳と解説を引用して、説明に代えることにする。

訳「孔子が、子貢を前にして、『私のことをわかってくれる者がいないなあ。』と、弱音とも、愚痴ともとれる言葉を、独り言のようにつぶやいた。それを耳にした子貢が、『どうして先生のことをわからないことがありましょう。私どもはわかっているつもりです。』と応じると、孔子はそれには答えず、気を取り直したかのように、またつぶやいた。『私は、天を恨んだり、人を咎めたりはしない。身近なことから学び、高遠なことに通じていく、そういうふうでありたい。私のことをわかってくれるのは、まあ天だろうね。』」

解説「孔子は十数年もの間、弟子たちを引き連れて諸国を遊説して回ったが、ついに報われることはなかった。ときには命を落としかけたこともある。

そういう苛酷な運命に自分をさらす「天」に、恨みがましい気持ちを抱いたとしても不思議ではない。「天を怨みず」と言っているのは、意地悪な見方をすれば、天を恨みたい気持ちがあればこそ、こういう言葉が口をついて出てきたのだと思う。」

天を恨みたい気持ちがあればこそ、「天を怨みず」という言葉が口をついて出てきたのだとする私の解説は、孔子評としては少々辛口であるが、「天」に恨みがましい気持ちを抱いた自分にハタと気づき、そういう思いを一瞬でも抱いた自分を否定するという心理的プロセスを経た後に、天に対する全幅の信頼感・帰依心を孔子は獲得したのではないか、ということを私は言いたかったのである。

そこでも触れたことだが、醍醐《だいご》天皇の時、左大臣藤原時平《ふじわらときひら》に讒訴《ざんそ》されて大宰府に配流された菅原道真《すがわらみちざね》が、吉祥院法華会願文《きっしょういんほっけえがんもん》で、この論語の「天を怨みず、人を尤めず」という一節を引用したり、遣韓大使問題で主張が通らず下野した西郷が、東北の荘内藩からの遠客に、「人を咎めず」という語を援用して教説を述べたりしていることを考え合わせると、不遇な賢人や英雄がたどり着く最後の心境が、期せずして同じような感慨であることは興味深い。

この詩や遺訓からもわかるように、西郷は、どんな苦難に陥っても天や人を恨まず、あくまでも自分の「誠心」を問題にし、ひたすら精神修養に努めようとしたのである。

二、仰《あお》いで天《てん》に慚《は》じず況《いわ》んや又人《またひと》をや——一片の氷心《ひょうしん》——

沖永良部島での牢獄生活は過酷を極めた。獄舎は四畳程度で、壁や雨戸はなく、用もその中で足さねばならないから、まるで豚小屋同然である。海岸近くに建てられていたので、風の強いときには波しぶきが容赦なく入り込んだ。食事は冷飯に焼き塩が少し添えられる程度のお粗末さで、当然西郷の身体は日に日に衰えていった。

見張り役の島役人、間切横目《まぎりよこめ》土持政照《つちもちまさてる》は、西郷の従容とした態度に敬意と同情をおぼえ、状況の改善を決意し、代官の了解を得て与人《よひと》屋敷に座敷牢を設けて西郷を収容した。この座敷牢がその後の西郷の住まいとなり、何かと世話をしてくれた土持政照とは肝胆相照《かんたんあいて》らす仲となって、義兄弟の契りを交わしている。

偶成

獄裡氷心甘㆓苦辛㆒
辛酸透㆑骨看㆓吾真㆒
狂言妄語誰知得
仰不㆑慚㆑天況又人

偶成《ぐうせい》

獄裡《ごくり》氷心《ひょうしん》苦辛《くしん》に甘《あま》んじ
辛酸《しんさん》骨《ほね》に透《とお》りて吾《わ》が真《まこと》を看《み》る
狂言妄語《きょうげんもうご》誰《たれ》か知《し》り得《え》ん
仰《あお》いで天《てん》に慚《は》じず況《いわ》んや又人《またひと》をや

獄中でも心は氷のように澄んでいるので、どんな苦労にも耐えられる
苦労が骨身にしみてこそ、自分の真価が分かるのだ
偽りやでたらめが横行しているなかで、誰に真実が分かろうか
私は天を仰いで恥じることは何もなく、まして人に対してはなおさらのことだ

○獄裡…獄中。　○氷心…氷のように澄んだ心。　○狂言妄語…偽りやでたらめ。

西郷はここでも、自分が無実であること、獄裡に自分が囚われているのは誰かの狂言妄語のせいであることを訴えている。そして、自分の心は天に対して全く恥じるところがなく、氷のように澄み切ったものであることを強調しているのである。

「氷心」という語には、れっきとした典故がある。盛唐の詩人王昌齢《おうしょうれい》の七言絶句「芙蓉楼送二辛漸一（芙蓉楼《ふようろう》にて辛漸《しんぜん》を送る）」の転句・結句に、

洛 陽 親 友 如 相 問　　洛陽《らくよう》の親友《しんゆう》如《も》し相問《あいと》はば
一 片 氷 心 在二玉 壺一　　一片《いっぺん》の**氷心**《ひょうしん》玉壺《ぎょくこ》に在《あ》りと

（洛陽の友人が、もし、王昌齢はどうしているか、とたずねたら、ひとかけらの氷の芯が美しい壺の中に在るように、清らかな心のままだったと答えてくれ）

とある。この詩は、左遷されて江寧《こうねい》（現在の南京）にいる王昌齢のもとに、洛陽から友人の辛漸が訪ねてきて、久闊《きゅうかつ》を叙《じょ》した（旧交を温めた）のち、また帰っていくのを、王昌齢が長江を下った東の芙蓉楼まで見送ったときに詠んだものである。

以前、宮沢喜一氏（一九一九―二〇〇七）が首相の座にあった時、一九九三年の衆議院選挙で自民党が敗れ、内閣総辞職をすることになった。その直前の国会で不信任案が可決されようとしていた時、記者に心境を問われた宮沢首相は、「一片の**氷心**玉壺に在り」という詩句で答えた。「私は動揺していませんよ。まったく澄み切った心でいます」との心境を述べたのであるが、はたして政治の番記者に理解できた者がいたかどうか。

その後、民主党政権時の二〇一一年に、中部電力浜岡原発に関するシンポジウムで不手際があり、時の経済産業相の海江田万里氏が辞任を迫られた際にもこの詩句が登場したが、十八年前の宮沢首相のときと同じ番記者がその場に居合わせていたら、この詩句の意味をきっと理解できたに違いない。

ところで西郷は、奄美大島で世話になった横目役得藤長《とくとうちょう》に、この座敷牢での生活について、次のように書き送っている。

「囲《かこい》（座敷牢）入りにて脇からには余程《よほど》究屈《きゅうくつ》に見受け候由《そうろうよし》に御座候《ござそうら》得共《えども》、拙者《せっしゃ》には却《かえっ》て宜敷《よろしく》、俗事に紛れ候事《そうろうこと》もこれなく、余念なく学問壱篇《いっぺん》（一筋）にて、今通りにては学者に成《な》いそうな塩梅《あんばい》に御座候。」

座敷牢では、することもないので、日がな一日、「学者になりそうなほど」本を濫読している、と自嘲気味に述べているが、当時の交友関係を見ると、漢学に通じている知識人が多かったようだから、牢の中で読んでいた本のほとんどは漢籍だったろうと思われる。

三、生死何《せいしなん》ぞ疑《うたが》はん天《てん》の附与《ふよ》なるを――国家への思い――

西郷の話し相手の一人に、流罪人の川口雪篷《かわぐちせっぽう》という陽明学者がいた。もともと島津久光の写字生《しゃじせい》（書類の作成や書史の書き写しを業務とする人）をしていたのだが、無類の酒好きで、あるとき久光秘蔵の書を売り飛ばして酒代《さかしろ》にしたのがバレて、この島に流されて来たのだという。書の名手で、漢詩も作った。

西郷は雪篷に書と詩作を習い、それ以来、書風も変わり、漢詩も本腰を入れて作るようになった。現存している詩はこれ以降のものばかりである。

獄中有レ感

朝蒙二恩遇一夕焚阬
人世浮沈似二晦明一
縦不レ回レ光葵向レ日
若無レ開レ運意推レ誠
洛陽知己皆為レ鬼
南嶼俘囚独窃レ生
生死何疑天附与
願留二魂魄一護二皇城一

獄中感《ごくちゅうかん》有《あ》り

朝《あした》に恩遇《おんぐう》を蒙《こうむ》り夕《ゆうべ》に焚阬《ふんこう》
人世《じんせい》の浮沈《ふちん》晦明《かいめい》に似《に》たり
縦《たと》ひ光《ひかり》を回《めぐ》らさずとも葵《あおい》は日《ひ》に向《む》かひ
若《も》し運《うん》を開《ひら》く無《な》きも意《い》は誠《まこと》を推《お》す
洛陽《らくよう》の知己《ちき》皆《みな》鬼《き》と為《な》り
南嶼《なんしょ》の俘囚《ふしゅう》独《ひと》り生《せい》を窃《ぬす》む
生死《せいし》何《なん》ぞ疑《うたが》はん天《てん》の附与《ふよ》なるを
願《ねが》はくは魂魄《こんぱく》を留《とど》めて皇城《こうじょう》を護《まも》らん

朝には主君の恩寵を受けていても、夜には指弾される
人の世の浮き沈みは、夜と昼が交互にやって来るようなものだ
たとえ日の光が射さなくても、葵の花は日に向かって傾く
私もたとえ運命が開けなくても、誠意だけは推し通そう
京都の同志たちは、今では皆死者となり
南の島に囚《とら》われている自分だけが、おめおめと生き残っている
生死が天の定めであることを、どうして疑おうか
ならば死んでも魂をこの世に留めて、皇城をお護りしよう

○恩遇…恩愛のこもった待遇。○焚阬…「焚」は、焼く。「阬」は、穴埋めにする。「阬」は「坑」に同じ。「焚阬」は、「焚書坑儒」(書物を焼き捨て、儒者を穴埋めす)を縮めた表現。○晦明…「晦」は、夜。「明」は、昼。ここでは夜と昼が交互にやって来ることをいう。○葵…葉に向日性がある。○洛陽…古来、中国の王朝がしばしば都を置いた土地で、ここではわが国の京都のこと。○鬼…死者。○南嶼…南方の小さな島。ここでは沖永良部島のこと。○俘囚…「俘」も「囚」も、虜《とりこ》のこと。○皇城…天皇のいる宮城。

朝の「恩遇」とは、先君斉彬から見出され、何かと目をかけられたことを指し、夕の「焚阬」とは、現君（正確には現君忠義《ただよし》の父久光）の怒りを買って流罪になったことを指すと思われる。「焚阬」すなわち「焚書坑儒」は、中国の故事にもとづく成語で、次のようないわれがある。

中国の戦国時代に終焉をもたらし、天下を統一した秦《しん》の始皇帝は、宰相李斯《りし》の献言を入れ、医薬、占い、農業に関する書籍を除いて、他はみな政府批判の拠《よ》り所になっているとして焼き捨てさせた。これを「焚書」という。

また、自分の政治に対して批判的な学者・知識人四百余名を摘発して穴埋めの刑に処して殺した。これが「坑儒」である。「儒」とは、儒家に限ったものではなく、始皇帝の拠って立つ法家以外の思想を説く、いわゆる諸子百家《しょしひゃっか》の思想家たちを総称していう。

始皇帝は、こうした思想統制、強権政治によって、長く続いた戦国時代の社会的混乱に、終止符を打とうとしたのである。

詩中にある「洛陽の知己（京都の同志たち）」とは、狭く取れば、西郷が久光から鹿児島に帰還を命じられた直後に、京都で起こった寺田屋事件で殺された有馬新七《ありましんしち》以下五名の者たちをはじめとする、それまで京都で亡くなった薩摩の同志たちとも考えられるが、天下

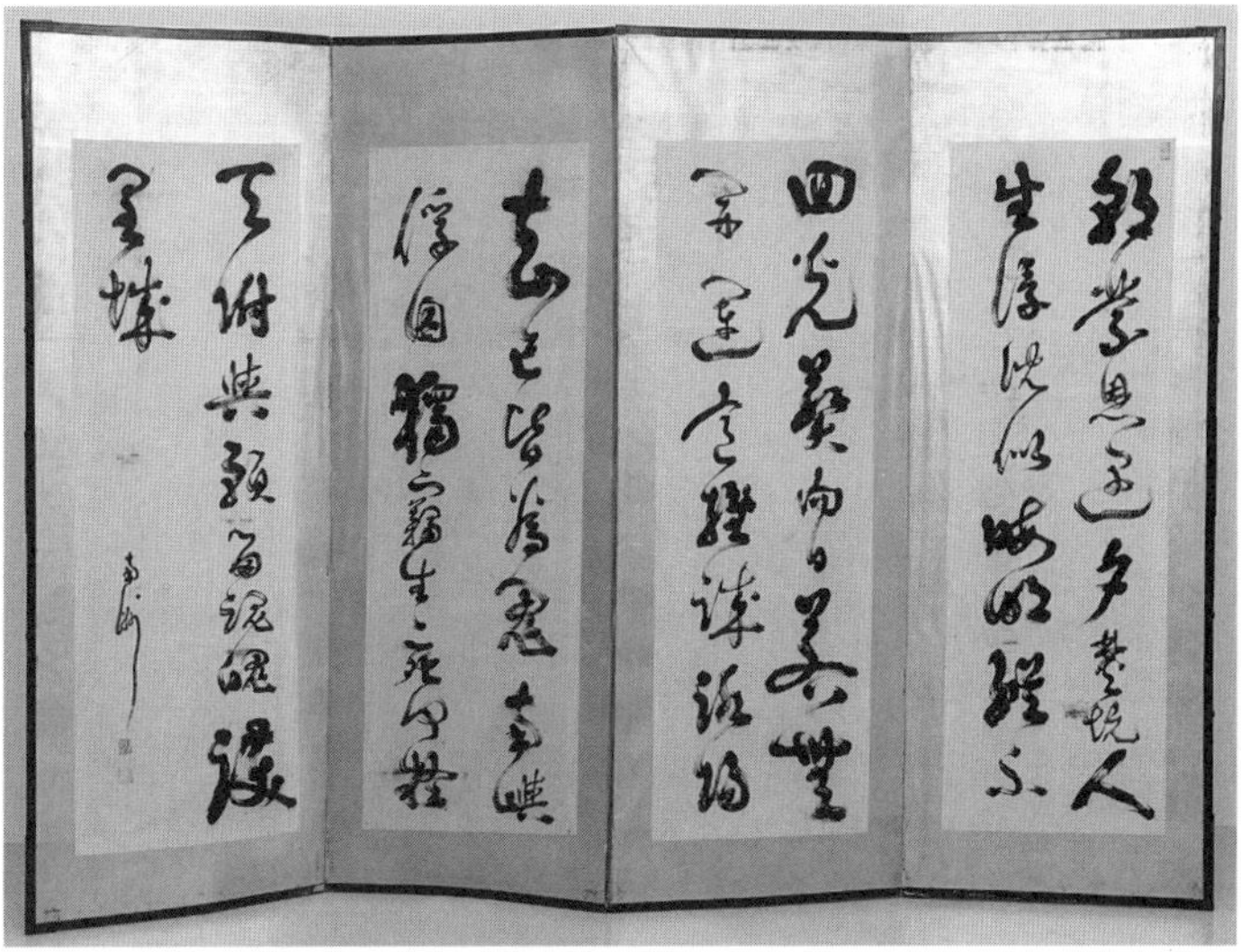

西郷隆盛書「獄中有感」(橋本秀孝氏所蔵)

国家の将来を見すえて行動していた西郷の料簡《りようけん》として、その見方は狭すぎる。

西郷としては、もっと藩意識を超えたレベルの、たとえば越前藩士の橋本左内《はしもとさない》とか、入水自殺をともに図り死んでいった月照とかいった、むかし京都で交流のあった、今は亡き他藩の同志たちをも含めての感慨であろう。

橋本左内は、とくに西郷にとって思い入れの深かった人物である。年齢的には左内のほうが七歳ほど若かったが、頭脳明晰、高節有徳の士で、言説も理路整然として説得力があった。

西郷は西南戦争で敗れて城山で自害するが、死ぬ直前まで、将軍継嗣問題でともに奔走した頃の左内からの書状を大切に持っていたという。左内は、西郷が奄美大島に潜居していたとき、井伊直弼が発動した安政の大獄で捕えられ、獄死している。

西郷は後年自分に影響を及ぼした人物として、「先輩では藤田東湖《ふじたとうこ》に服し、同輩では橋本左内を推す」と述べるのが常だった。左内は積極的な開国通商論者であり、東湖は水戸学の大家で尊王攘夷論者の総帥である。正反対の立場の二人を尊敬する人物に挙げているところがおもしろい。

藤田東湖は、西郷より二十一歳年上の水戸藩士で、御三家の徳川斉昭《なりあき》の腹心として、また当時の尊王攘夷思想の理論的支柱として重きをなした。西郷は、東湖の印象を母方の叔父椎原国幹《しいはらくにもと》への書簡のなかで次のように述べている。

「彼《か》の宅へ差し越し申し候と清水《しみず》に浴し候塩梅《あんばい》にて心中一点の雲霞《うんか》なく唯情浄《ただじょうじょう》なる心に相成《あいな》り帰路を忘れ候次第に御座《ござ》候（東湖先生の御宅にうかがうと、まるで清水を浴びたような気分になり、心に少しの曇りもなく、ただただ心が洗われるような気がして、帰り道を忘れてしまうほどでした）」

文面から、西郷が東湖の器量、人格に心酔しているようすがわかる。当然、東湖の書いた思想書や作った漢詩を読んでいるはずで、この七言律詩の尾聯《びれん》（七句、八句）は、東湖の漢詩「生気の歌」の影響がうかがわれる。

東湖の五言古詩「和二文天祥正気歌一（文天祥《ぶんてんしょう》の正気歌《せいきのうた》に和《わ》す）」全七十四句の中の末尾の六句を次に示す。

屈 伸 付二天 地一
生 死 又 奚 疑
生 当レ雪二君 冤一
復 見 張二四 維一
死 為二忠 義 鬼一
極 天 護二皇 基一

屈伸天地《くっしんてんち》に付《ふ》す
生死《せいし》又奚《またなん》ぞ疑《うたが》はん
生《い》きては当《まさ》に君冤《くんえん》を雪《そそ》ぐべし
復見《またみ》ん四維《しい》を張《は》るを
死《し》しては忠義《ちゅうぎ》の鬼《き》と為《な》り
極天皇基《きょくてんこうき》を護《まも》らん

命の伸び縮みは天地のおぼしめしにまかせよう
生きるか死ぬかは運命であり、どうして疑念などをさしはさもうか

生きるさだめなら、当然主君の冤罪を晴らさなければならない
そうすれば主君が天下に法令を敷く姿を再び目にすることだろう
死ぬさだめなら、忠義の鬼と化し、
永久に天皇の御統治をお護りしよう

○文天祥…中国の南宋末期の人。元に捕らえられ刑死した。○正気歌…文天祥が獄中で土朝への忠節を尽くす思いを詠んだ詩。○和…もとになる詩と同じ韻を踏んで詩を詠むこと。○屈伸…命が縮んだり延びたりすること。○冤…冤罪。無実の罪。○四維…四方に張り巡らした綱。法令。○極天…永久に。○皇基…天皇の統治。

いま挙げた東湖の詩の「屈伸付天地、生死又奚疑（屈伸天地に付す、生死又奚ぞ疑はん）」の句や、「死為忠義鬼、極天護皇基（死しては忠義の鬼と為り、極天皇基を護らん）」の句などが、さきほど挙げた西郷の詩の、「生死何疑天附与、願留魂魄護皇城（生死何ぞ疑はん天の附与なるを、願はくは魂魄を留めて皇城を護らん）」の句に影響を及ぼしているのは一目瞭然である。

そして、東湖にしろ西郷にしろ、死んだ後々までも天皇統治下の御国をお守りしたいという心情には、彼らの目がそれぞれ水戸藩、薩摩藩といった藩の枠組みを超え、国家全体に向けられていたことが見てとれる。

こうして、西郷の政治意識もしくは国家観は、二度にわたる遠島生活を経験することで、より広く、より大きくなり、激動する国内および緊迫した対外関係の中で、わが国全体の今後の行く末を見すえるものに成長していったのである。

なお、西郷が自害して二年後の明治十二年(一八七九年)、勝海舟がこの詩を石に刻して留魂碑としたのが、東京大田区池上洗足町の池畔に建っている。裏面には勝自撰の碑文がある。

四、南竄《なんざん》の愁懐《しゅうかい》百倍《ひゃくばい》加《くわ》はる——ホトトギスの訴え——

川口雪篷との交友が始まって以降、他にすることもないので、西郷はせっせと漢詩を作り、読書に打ち込んだ。漢詩を作った関係で、読んだ本は、『唐詩選』『文選《もんぜん》』『古文真宝《こぶんしんぽう》』など、詩文に関するものが多かったようだが、ほかにも『近思録』『通鑑綱目《つがんこうもく》』『韓非《かんぴ》子《し》』など、経書や史書の部類に属する本まで多岐にわたったようだ。また、わが国の江戸時代の儒者佐藤一斎《さとういっさい》の著した思想書『言志四録《げんししろく》』も愛読書だったが、漢文で書かれているので、これも漢籍の類といっていいかもしれない。

そういう読書によって、西郷の中国古典に関する知識は飛躍的に増えていった。そのことをよく物語っている詩を、次に示そう。

偶成

雨帯㆓斜風㆒叩㆓敗紗㆒
子規啼㆑血訴㆑冤譁
今宵吟㆓‐誦離騒賦㆒
南竄愁懐百倍加

偶成《ぐうせい》

雨《あめ》は斜風《しゃふう》を帯《お》びて敗紗《はいしゃ》を叩《たた》き
子規《しき》は血《ち》に啼《な》きて冤《えん》を訴《うった》ふること譁《かまびす》し
今宵《こよい》**離騒**《りそう》**の賦**《ふ》を吟誦《ぎんしょう》すれば
南竄《なんざん》の愁懐《しゅうかい》百倍加《ひゃくばいくは》はる

雨混じりの風が、破れた日よけに斜めから吹きつけ
ホトトギスが、無実を訴えるかのように、血を吐くような声でしきりに鳴いている

この夜、「離騒の賦」を吟詠していると
南島への放逐《ほうちく》を憂える気持ちが何倍にも増してきた

○斜風…斜めに吹きつける風。○敗紗…破れた布製の日よけ。○子規…ホトトギス。○譁…やかましい。○離騒賦…中国戦国時代の楚の屈原が作った長篇の韻文。○南竄…南方に放逐されていること。○愁懐…憂える気持ち。

前にも書いたように、国父久光が西郷を処罰した理由は、上洛のとき下関で待機せよという命令に違反したこと、京阪にいる尊攘激派を扇動したことの二つであった。

西郷としては、一つ目の罪は確かに犯したものの、それはあくまでも京阪地方の情勢が不穏で、上洛は緊急を要したからであり、二つ目の罪は、まったく身に覚えのないものであり、むしろ激派の鎮撫に努力したのであった。

だから、西郷は自分が無実であることを明らかにしたいのだが、こんな遠島にいてはそれが叶うはずもない。そんなとき、同じように冤罪によって君側から退けられた屈原の楚辞「離騒の賦」を吟詠して心を慰めようとしたのだが、自分の身の境遇を嘆き悲しむ気持ちがいっそう深まってしまったのである。

さて、詩中にある「子規」について述べよう。ホトトギスの鳴き声としては、古来、「天辺欠《てつぺんか》けたか」や「特許許可局《とっきょきょかきょく》」などが知られている。これらは「聞き做《な》し」といわれ、鳥のさえずりを、意味のある人間の言語に置き換えて、鳴き声としたものである。

ホトトギスの漢字表記には、時鳥、不如帰、子規、思帰、杜鵑、杜宇、蜀魂、などいろいろある。このうち、「時鳥」は、時（季節）を間違わずに毎年やって来て鳴くという性質から名付けられたものだが、ほかの呼び名は、すべて古代中国の蜀《しょく》の望帝にまつわる伝説にもとづいている。

この伝説については、『華陽国志《かようこくし》』や『蜀王本紀《しょくおうほんぎ》』などに記述があるが、諸説紛々として、かなりややこしい話なので、ここは藤堂明保《とうどうあきやす》著『漢字の話』から引用させてもらう。

「中国の戦国時代のころ、四川《しせん》省は中華天下の中心部から離れた別天地であった。竹や米のよく育つ牧歌的なこの地に、**杜宇**《とう》（望帝）というおとなしい王様がいた。やり手の宰相開明の妻君に思いをかけたが、その恋がかなわず、宰相に国を譲って西山に隠れた。この山には鵑《けん》が鳴く。そこで国人が『あれは**杜宇**さまの生まれかわりだ』というので、**杜鵑**《とけん》と呼ぶようになったという。（途中省略）その声は凄絶《せいぜつ》で**不如帰**《ふじょき》去《きょ》（帰るにしかず）と鳴いているように聞こえ、故郷を離れた旅人に帰心を抱かせるので『**思帰**《しき》』とも呼ぶ。いつしかそれがなまって『**子規**《しき》』とも書くようになった。俳人、正岡子規の名は、それから由来する。」

（藤堂明保著『漢字の話』朝日新聞社。一部、漢字のルビを筆者のほうでつけ加えた）

これによると、「不如帰去」は聞き倣しの表現で、漢文では「帰去するに如《し》かず」と訓読し、「帰ったほうがましだ」という意味になる。「帰」と「去」は、ここでは同意で、「去」が取れて「不如帰」となったのである。

この伝説からもわかるように、故郷に帰れない悲しみや、晴らされない恨みを象徴するホトトギスは、詩の中では鬱屈《うっくつ》した思いを表現するときに使われることが多い。たとえば、唐の顧況《こきょう》の「子規」と題する詩の一節に、

杜 宇 冤 亡 積 有レ時　　杜宇の冤亡《えんぼう》積みて時有り
年 年 啼レ血 動二人 悲一　　年年血に啼《な》いて人の悲しみを動かす

（杜宇が無実の罪で死んでから、ずいぶん時が経ったが、ホトトギスは毎年やって
来て血を吐くように啼いて、人の悲しみを誘う）

とある。

西郷の詩の承句（子規啼血訴冤譁（子規は血に啼きて冤を訴ふること譁し））が、この顧況の句に酷似しているところを見ると、西郷は顧況のこの詩を典拠としたのかもしれない。いずれにしろ、西郷は、冤罪によって故郷を遠く離れた南島に流され、憂鬱《ゆううつ》な日々を過ごしている沈痛な思いを、血を吐いたように喉《のど》の赤いホトトギスの鳴き声に託して詠んでいるのである。

では次に、「離騒賦」の話に移ろう。これは、全三七五句にもなる大長篇の韻文である。題名にある「離」は、「遭《あ》う」「罹《かか》る」の意であり、「騒」は、「憂い」の意である。したがって、「離騒」とは、「憂鬱な思いになる」というほどの意味である。なお、「賦」とは、韻文の一つの表現形態の名称である。

楚の懐《かい》王に仕えていた屈原は、秦王の命を受けた遊説家張儀《ちょうぎ》の説く外交政策が、楚を奪い取る野心を秘めたものであることを見抜き、懐王にそのことを進言したが、屈原の能

力を妬《ねた》み憎んでいた大夫の讒言《ざんげん》にあい、懐王の側から退けられる。「離騒賦」は、放逐された屈原が祖国の将来に絶望し、汨羅《べきら》の淵《ふち》に身を投げて死ぬまでの心境を幻想的にうたったもので、後世の憂国の士に愛唱された。

囚人として座敷牢住まいの身の西郷は、冤罪により横死《おうし》した屈原の不幸な運命に同情するとともに、同じような境遇にある自分の身を屈原にオーバーラップさせて、この詩を詠んだのである。

なお、屈原が汨羅の淵に身を投げて死んだ五月五日に、後世の人々は笹の葉に米の飯を包んだものを淵に投げ込み、無念の死を遂げた屈原を偲《しの》んだという。これが五月五日に粽《ちまき》を食べる風習となり、それが日本にも伝わり、端午《たんご》の節句には粽を作って食べるようになったのである。

五、富貴《ふうき》は雲《くも》の如《ごと》く日《ひ》に幾《いく》たびか遷《うつ》る——理想の生き方——

沖永良部での牢獄生活は、単調なことこの上ないものであったが、西郷には読書の習慣があったので救われた。多くの書物を持ち込んだことは先に述べたが、島には、「大和《やまと》と唐土《もろこし》の歌文に富める雅男《みやびおとこ》」と謳《うた》われた操坦晋《みさおたんしん》という学者がいた。西郷が流されてくる前年に没していたが、和漢の学を修め、医術にも心得があり、膨大な書物を蔵していた。

西郷は、日ごろ彼のもとに学びに来ていた坦晋の孫の坦頸を通じて、その豊富な蔵書のなかの目当ての本をたびたび借用し、暇に飽かせて濫読していた。次に取り上げる詩は、島での作かどうかは定かでないが、西郷の多岐にわたる読書ぶりをよく表している。

失題

坐窺㆓古今㆒誦㆓陳編㆒
富貴如㆓雲日幾遷㆒
人不㆑知㆑吾何慍有
一衣一鉢任㆓天然㆒

失題《しつだい》

坐《ざ》して古今《ここん》を窺《うかが》ひ陳編《ちんぺん》を誦《しょう》す
富貴《ふうき》は雲《くも》の日《ひ》に幾《いく》たびか遷《うつ》るが如《ごと》し
人《ひと》の吾《われ》を知《し》らざる何《なん》の慍《いか》ることか有《あ》らん
一衣一鉢天然《いちいいっぱつてんねん》に任《まか》せん

机の前に座って、古今の出来事に思いを馳せようと古書を読誦する
富貴は、雲が一日に幾たびもその姿を変えるように、移り変わっていくものだ

人が自分を理解してくれなくても、何の怒ることがあろう
一着の袈裟と一個の鉢だけの無欲恬淡《てんたん》な修行僧のように、自然のままに生きて行こう

○失題…題名が失われて伝えられていない詩。または、はじめから題名のない詩に、このような題をつける。○陳編…昔の書物。古典。

いま西郷が読誦している古典は、おそらく『論語』だろう。その述而《じゅつじ》編に、

不義にして富み且《か》つ貴きは、我に於いて浮雲の如し

（道義にもとづかずに金持ちになり身分が高くなるのは、私にとって浮き雲のようにはかなく無縁なものだ）

とある。孔子が、財産や地位といった物質的・社会的なものに心を動かされない自身の生き方を述懐したものだが、西郷も、この孔子の清廉潔白な身の処し方に共感しているので

ある。

この論語の章句から、清廉な態度を貫く意の「富貴浮雲《ふうきふうん》」「浮雲之志《ふうんのこころざし》」などの四字熟語ができた。詳しくは、以前にも挙げた拙著『四字熟語で読む論語』をご覧いただきたい。

また、『論語』学而《がくじ》編の冒頭の章句に、

人知らずして慍《いか》らず、亦《また》君子ならずや

（人が分かってくれなくても怒らない、なんと徳のある人ではないか）

とある。これは、西郷の詩の承句にみえる「人知吾何慍有（人の吾を知らざる何の慍ることか有らん）」の出典である。人が自分のことを理解してくれなくても、自分で納得できたらそれでよしとするのである。

この「人を怒らない」という態度は、本章の最初に取り上げた漢詩中の「人を咎《とが》めず」という態度に通じるもので、人を責めるより、まず自らの襟を正せ、という儒教精神の発露といってよいだろう。

次に、「一衣一鉢（一着の袈裟と一個の鉢）」は、必要最小限のものしか持たない無欲な

生き方を言ったもので、仏教の教えであることは言うまでもない。

　そもそも、シャカを祖とするインドの仏教教団では、僧の所有として許されるのは、「三衣一鉢《さんえいっぱつ》」といって、三種の衣類と、托鉢《たくはつ》に用いる鉢一つだけであった。そうしたきわめて質素な生活をさらに強調して、「僧は一衣一鉢の外《ほか》は財宝を持たず」（『正法眼蔵随聞記《しょうぼうげんぞうずいもんき》』道元《どうげん》の弟子の懐弉《えじょう》著）などの教えが生まれてきたのである。

西郷が修行した座禅石

　西郷は、若い頃、大久保利通などといっしょに、友人吉井友実《よしいともざね》の叔父である無参和尚のもとで参禅に励んだことがある。朝早くから、和尚のいる誓光寺《せいこうじ》までのかなりの距離を歩いて行き、教えを乞うたのである。
　誓光寺は、今は墓地だけが残っていて、その跡地は小さな公園になっているが、その一角に西郷たちが修行した座禅石が、今も変わらず残されている。
　西郷と入水事件を起こした月照は、生前、西郷の禅について、
「西郷の禅学はさほど深くはないが、よく真味を悟

っていた」

と述べたことがある。禅の完成度はともかく、西郷の、生死に頓着しない胆力と勇気は、若い頃からの禅の修行で培ったものである。禅の効用については、幕府方の要人として西郷と接点のあった勝海舟も、己の経験から次のように述べている。

「いつもまず勝敗の念を度外に置き、虚心坦懐《きょしんたんかい》、事変に処した。それで小にして刺客《しかく》、乱暴人の厄《やく》を免れ、大にして瓦解《がかい》前後の難局に処して、綽々《しゃくしゃく》として余裕を持った。これひっきょう、剣術と禅学の二道より得来《えき》たったたまものであった。」(『氷川清話《ひかわせいわ》』)

また、同じ本の中で、西郷の胆力に関して、江戸城引き渡しの際の、次のようなエピソードを面白おかしく紹介している。

「城受け渡しにくる官軍の委員らも非常の警戒で、堂々たる官軍の全権委員の一人が狼狽《ろうばい》のあまり片足にぞうりをうがちながら、玄関をのぼったという奇談ものこっているくらいである。

この中に西郷は悠然として、少しも平生に異ならず、実に貫目《かんもく》があったということだ。〈勝はその場にはいず、大久保一翁《いちおう》からの伝聞である。〈筆者注〉〉実に驚いたのは、城受け渡しに関するいろいろの式が始まると、西郷先生居眠《いねむ》りを始めた。この式がすんで、ほかの委員が引き取るときも、なお先生ふらりふらりやっている。すると一翁かたわらよりたまりかね、『西郷さん、西郷さん。式がすんで皆さんお帰りでござる』と、ゆり起こすと、先生『はあー』と言ってねとぼけ顔をなでつつ、悠然として帰っていったそうだ。」

勝と西郷は、敵対する双方の代表格であるけれども、人間的には尊敬し合い、気心は通じ合っていた。西南戦争後に西郷が賊軍の将として名声が地に落ちた後も、せっせと西郷に縁のある地に碑文を立て、遺児の救済に骨折り、西郷の名誉回復に奔走したのである。

ところで、西郷自身が禅の教えの本質に言及したエピソードを紹介しよう。

西郷は、沖永良部島の子供たちを集めて、四書五経（儒教の基本的な九つの書）などを読んでいたが、ある日、子どもたちに質問した。

「お前たちは、一家が仲良く暮らすにはどうしたらいいと思うか。」

子どもたちは答えに窮していたが、その中の最年長で十六歳の操坦勁が答えた。

「その方法は、五倫五常を守ることです。」

翁は頭を振って言った。

「いやいや、それは金看板だ。うわべの飾りに過ぎない。」

そして、次のように説いた。

「五倫五常というのは、たてまえの標語に過ぎず、実際の役に立たないので、守るのもいい加減になってしまう。いちばん手っ取り早い方法は、**欲を離れること**だ。一つのおいしいものがあれば家族全員で食べ、衣服を作ってうまく出来上がったものは年長者に譲り、自分勝手をせず、お互いに誠を尽くし合わなければならない。まさに〈欲〉の一字から、親子兄弟の親しみも離れていくのだから、不和の根拠となる欲を絶つのが大切だ。そうすれば家族の慈愛も自然と離れないのだ。」

（『西郷南洲遺訓』所収の遺教「一家親睦の箴《いましめ》」）

このなかで西郷は、五倫五常（詳しくは、次の第三章で述べる）というのは、あくまでもタテマエの教えに過ぎないという。これは儒教道徳を否定したのではなく、子供相手に五倫五常という抽象的な徳目を並べ立てて説教しても始まらないと踏んでのことだろう。それよりも、子どもたちが身近に理解できて、守ることのできる徳目を、と考えたときに出てきたのが、禅学から得た「無欲」という教えであった、ということだろう。

さて、詩の結句に「任天然（天然に任せん）」とあるが、これは道家の教えに通じる考え方である。道家思想は老荘思想ともいうように、老子、荘子の教えをもとにしている。その核心は、人為を加えず天然自然のままを尊重するということである。

だから、老荘的な生き方としては、俗塵にまみれるよりは隠れて生きるという選択になる。西郷には隠遁癖《いんとんへき》があったとよく言われるが、それは「無為自然」を尊重する道教的な生き方に共鳴するところが多分にあったということだろう。

以上見てきたように、この詩には、儒教、仏教、道教などの教えが混然として存在しているわけだが、富貴をあてにせず、無欲で、自然のままに暮らすのが最善だとするこれらの考え方は、何ら矛盾することなく一体化しており、西郷の理想とする生き方を示しているとみなしてよいだろう。

『南洲翁遺訓』に、

「命もいらず、名もいらず、官位も金もいらぬ人は、仕末に困るもの也」

とあり、こういう人こそ国家の大業を成し得るのであるとしている。

この言葉は、一般には、幕府方の勝の使いとして官軍の参謀西郷に掛け合った山岡鉄舟の、毅然とした応対ぶりを評価した言葉と取られているが、まさに「無欲」という態度を己の信念とした西郷自身のことを言ったものだと考えても、あながち間違いではあるまい。

第三章　倒幕の先頭へ

島津久光は、薩英戦争で活躍した誠忠組の藩士たちの強い意見に押されて、元治元年（一八六四年）、西郷を赦免し、沖永良部島から呼び戻すことにした。ただ、久光にとっては不本意な処断であり、赦免を認める際に、悔しさのあまり、くわえていた銀のキセルに歯型の跡が残ったというのは有名な話である。

久光は、倒幕派というよりは公武合体派の有力大名で、西郷は復帰して早々その軍賦役《ぐんぶやく》（今でいう総司令官）に任じられた。つまり、薩摩藩の軍事力を一手に握ったのである。そして、禁門の変における長州軍との奮戦、第一次長州征伐時の幕府軍の参謀と、むしろ旧幕勢力の一角を占めることになる。

ところが、第二次長州征伐時は、一転して出兵を拒否し、それ以降、坂本龍馬などの仲介もあって、ひそかに薩長同盟を結び、いよいよ長州とともに倒幕へと突き進んでいくのである。

その間、人との出会いもあった。禁門の変後に、当時幕府の軍艦奉行で、神戸の海軍操練所の頭取であった勝海舟と大阪で会見した。このときの出会いが、後の江戸城の無血開城に大いに役立ったのである。それより少し前、勝は、海軍操練所の塾頭格であった坂本龍馬を、下調べ目的で西郷に会いに行かせている。勝に初見の印象を聞かれた龍馬が、

「西郷は馬鹿だ、大馬鹿だ。小さくたたけば小さく鳴り、大きくたたけば大きく鳴る。その馬鹿の幅がわからない。残念なのは、その鐘をつく撞木《しゅもく》が小さいことだ。」

と答えた話は有名である。

私生活の方面では、慶応元年（一八六五年）、三十七歳のとき、薩摩藩家老《かろう》座付書役《ざつきかきやく》の岩山直温《いわやまなおあつ》の次女イト（二十一歳）と再婚した。西郷二十四歳のときの最初の結婚は二年後に破綻し、島妻愛加那《あいかな》との間に二児をもうけたものの、藩の掟《おきて》で離れて暮らさざるをえず、ここに新たな家庭を持つことによって、ようやく落ち着いた環境が整ったのである。

第二次長州征伐の失敗で、幕府はその弱体ぶりをさらけ出し、公武合体策も一気に吹き

飛んでしまった。その後の歴史を駆け足でたどると、王政復古の大号令が発布され、鳥《と》羽《ば》・伏見《ふしみ》の戦いで薩長同盟軍を主力とする官軍が勝利する。その後、西郷は東征大総督府参謀として官軍を率い、江戸城の無血開城を勝ち取る。官軍は、旧幕勢力が抵抗を続ける奥羽地方に転戦し、最後は、函館の五稜郭《ごりょうかく》にこもった旧幕軍を一掃して、名実ともに江戸時代に幕を下ろすのである。

わが国の歴史上、北から南まで最も広範囲に、天皇から庶民に至るまで最も広汎な人々が関わった政治的事件が明治維新であり、その革命の立役者となったのが西郷である。その五十年の生涯の中で、この維新革命の時期が最も輝いていたといえよう。

一、唯《た》だ皇国《こうこく》を愁《うれ》へて和親《わしん》を説《と》く——忠臣の鑑《かがみ》——

第一次長州征伐のとき、征長総督・徳川慶勝《よしかつ》（尾張藩前藩主）の参謀に抜擢された西郷は、禁門の変を引き起こした長州に対して、当初の考えでは、お灸をすえるため武力で討伐する強硬路線を主張していた。しかし、勝海舟と会って、その遠大な将来構想に触れた後は、長州藩に謝罪恭順の態度を求めるだけの和親策に転じた。

長州藩も幕府側の要求を受け入れる動きを示していたが、それを軟弱だとして、藩中央の「俗論派」に対抗して騎兵隊ら諸隊が決起した。西郷は、大胆にもその牙城《がじょう》ともいうべき下関に直接乗り込んで、諸隊の隊長たちを説得することにした。

偶成

誓入二長城一不レ顧レ身
唯愁二皇国一説二和親一
譬投レ首作二真卿血一
自レ是多年駭二賊人一

偶成《ぐうせい》

誓《ちか》ひて長城《ちょうじょう》に入《い》りて身《み》を顧《かえり》みず
唯《た》だ皇国《こうこく》を愁《うれ》へて和親《わしん》を説《と》くのみ
譬《たと》ひ首《くび》を投《とう》じて真卿《しんけい》の血《ち》と作《な》るとも
是《これ》より多年《たねん》賊人《ぞくじん》を駭《おどろ》かさん

交渉の成功を祈って長州藩の城に赴《おもむ》き、吾が身の無事など念頭にない
ひたすら皇国の将来を心配して、長州と幕府との和親を説くばかりだ
たとえ首を差し伸べて顔真卿のように賊に縊《くび》り殺されても
死んでから後いつまでも、国賊たちの心を脅《おど》かしてやろう

○長城…長州藩の城。　○真卿…唐の顔真卿のこと。　○賊人…国に害を及ぼす人々。

この直談判《じかだんぱん》は見事に成功し、長州は幕府の要求を入れ、兵を解いた。このように、みずから死地に赴き、事態の収拾を図ろうとするのは、西郷の得意とするところである。後の江戸城引き渡しの際に、たった六人で乗り込んだのも然《しか》り、明治になってからの遺韓問題で、みずから大使となって殺されに行こうとしたのも然りである。

ところで、和親策に転換するきっかけとなった勝との会見は、西郷に強烈な印象を与えた。鹿児島の大久保利通に宛てた書簡で、そのときの印象を次のように述べている。

「勝氏へ初めて面会仕《つかまつ》り候処《そうろうところ》、実に驚き入り候人物にて、最初は打ち叩《たた》く賦《つもり》にて差し越し候処、頓《とん》と頭を下げ申し候。どれ丈《だ》ケ《け》か智略のあるやら知れぬ塩梅《あんばい》に見受け申し候。先ず英雄肌合《はだあい》の人にて（途中省略）現時に臨み候ては、此《こ》の勝先生とひどくほれ申し候。」

一方、勝海舟のほうでは西郷をどう見ていたか。勝の随筆『氷川清話』に次のように見える。

「おれが初めて西郷に会ったのは、兵庫開港延期の談判委員を仰せつけられるために、おれが召されて京都に入る途中に、大阪の旅館であった。そのとき西郷はお留守居格だったが、くつわの紋のついた黒縮緬《くろちりめん》の羽織を着て、なかなかりっぱな風采《ふうさい》だったよ。」
「おれは、今までに天下で恐ろしいものを二人みた。それは横井小楠《しょうなん》と西郷南洲だ。（途中省略）西郷と面会したら、その意見や議論は、むしろおれの方がまさるほどだったけれども、いわゆる天下の大事を負担するものは、はたして西郷ではあるまいかと、またひそかに恐れたよ。」

英雄相会えば、相手を認めること、かくの如し。その傑出しているさまは一目瞭然《いちもくりょうぜん》たるものがあったのであろう。

詩中に出てくる顔真卿について述べよう。顔家はもともと学者や能書家を輩出した名家で、真卿より五代前の先祖の兄弟に、『顔氏家訓《がんしかくん》』で有名な顔之推《がんしすい》がいる。

真卿は玄宗《げんそう》皇帝の御代《みよ》に任官するが、生来、剛直な性格のため、権臣から嫌われ、たびたび左遷された。最初の左遷地平原（現在の山東省徳州市の東南）の太守のとき、安禄山《あんろくざん》の乱がおこり、山東一帯が尽く《ことごと》反乱軍の勢力下に入った。

そんな中で、真卿は、常山《じょうざん》（現在の河北省正定県）の太守であった従兄《いとこ》の顔杲卿《こうけい》とともに義軍を組織して抵抗を続けた。安禄山の乱が鎮定されると、戦功によって朝廷の要職を歴任するが、その質実剛健、頑固一徹な性格ゆえに、その後もたびたび左遷された。

節度使の李希烈《りきれつ》が淮西《わいせい》一帯で反乱を起こすと、帰順を促すための使者として朝廷から派遣されたが、三年間敵地に抑留され、最後は殺された。

抑留の間、敵将の李希烈からも一廉《ひとかど》の人物と見込まれ、幾度となく家来になるように勧誘されたが、一切拒否し、最後まで唐王朝への節義を守った。そのため、後世、忠臣の鑑《かがみ》として崇《あが》められたのである。

わが国でも、江戸中期の儒者・浅見絅斎《あさみけいさい》の著書『靖献遺言《せいけんいげん》』に、八人の忠臣烈士（屈原、諸葛亮《しょかつりょう》、陶淵明《とうえんめい》、文天祥、謝枋得《しゃぼうとく》、劉因《りゅういん》、方孝孺《ほうこうじゅ》、および顔真卿）の一人として取り上げられ、尊王攘夷運動が盛んになった幕末には、志士たちの尊崇を集めることになった。

西郷がこの本を読んでいたことはまず間違いないことで、それゆえ、忠臣としての真卿に傾倒していたということもあろうが、もう一つの理由として、真卿が中国でも屈指の書家であるということも大きかったであろう。

西郷は沖永良部島に流されてから、川口雪篷という漢詩と書の良き師匠を得て、詩作と書の練習に精出すようになった。そこで当然真卿の書にも接することになっただろうし、まして忠臣であったことで、なおいっそう傾倒していったに違いない。

二、哲《てつ》を守《まも》るは鈍《どん》に如《し》くは無《な》し――劉邦の軍師・張子房――

幕末は戦争が多かったかのように思ってしまうが、戦国時代に比べると話にならないくらい少ない。西郷は、その数えるほどの戦いの半数近くに絡んでいる。

最初は、長州の御所攻撃を防いだ禁門の変、次は、第一次長州征伐、三つめは、幕府の大軍を迎え討った鳥羽・伏見の戦い、四つ目は、旧幕臣たちの残党である彰義隊《しょうぎたい》との戦い、五つ目は、上越《じょうえつ》での戦い、最後が、西郷の引き起こした西南戦争である。

こうみると、西郷はよっぽど戦が好きなように見えるが、本当はそうではなかったようで、西郷にとって緒戦《しょせん》である禁門の変の後、沖永良部の土持政照宛てに、次のように書き送っている。

「御存じの通り、軍《いくさ》好きの事に御座候《ござそうら》え共《ども》、現事に望み候ては、二度は望みたく御座なく候。実に難儀《なんぎ》のものに御座候。」

西郷は藩校の造士館で兵法を学んでおり、もともと戦《いくさ》好きではあったが、実際に戦ってみるとひどく難儀なもので、二度としたくない、と述懐しているのである。だが、これを皮切りに、西郷はその後五回も干戈《かんか》を交えなければならなかった。
兵法を論じる際に名のあがる人物として漢の劉邦に仕えた軍師の張良（字は子房）がいる。次の詩は、その張良を描いた絵の賛として詠まれたものである。

題㆓子房図㆒

守㆑哲無㆑如㆑鈍
風容似㆓女僊㆒
胸中何物在
圯下枕㆑書眠

子房《しぼう》の図《ず》に題《だい》す

哲《てつ》を守《まも》るは鈍《どん》に如《し》くは無《な》く
風容女僊《ふうようじょせん》に似《に》たり
胸中何物《きょうちゅうなにもの》か在《あ》る
圯《い》下《か》書《しょ》を枕《まくら》として眠《ねむ》る

知恵のある身を守るには、愚鈍を装うのが一番だ
絵の中の張子房は、風貌が女仙人のようだ
その胸中は、いったい何を思っているのだろう
土橋の下で、老人からもらった兵法書を枕にして眠っている

○哲…賢いこと。○鈍…愚鈍。○女僊…女仙人。○圯…土橋。

起句と承句では、画中の張良のようすを詠んでいて、彼は愚鈍で女仙人のようだが、それは、軍略の知恵袋としての身を匿《かく》しているのだ、というのである。

張良は、もと韓の宰相の家柄の出であるが、少年の頃、母国が秦に滅ぼされ、一家は離散した。そこで、張良は始皇帝への復讐を心に誓う。

彼は家財を売り払い、そのお金で異民族の力自慢の男を雇い、始皇帝の車列に鉄槌《てっつい》を投げつけて暗殺を図る。ところが、たまたま始皇帝は別の車に乗っていたため、試みは失敗し、二人は這《ほ》う這《ほ》うの体《てい》で逃亡した。

そういった武勇伝のある張良であるが、司馬遷《しばせん》の著した『史記』によると、その容姿は「婦人好女《こうじょ》の如し」だったという。これは、生来病気がちだった張良が、養生法として辟《へき》穀《こく》（五穀を絶つこと）を実践していたからである。糖質の穀物を断ち、木の実や草の根だけを食べるので、体型が細くなよなよしていたのも首肯《しゅこう》できよう。

江戸時代には、項羽と劉邦の争いを扱った『通俗漢楚軍談《つうぞくかんそぐんだん》』という物語がよく読まれ、劉邦の参謀であった張良の肖像画は、庶民の間で好んで描かれたという。

西郷が賛を入れた画中の張良は、兵法書を枕に寝ているのであるが、その兵法書を張良が手に入れたいきさつについては、次のような話が伝わっている。

始皇帝の暗殺に失敗して、無聊《ぶりょう》を託《かこ》っていた張良は、ある日、橋の上で見知らぬ老人と出会った。その老人は、張良を試そうとして、橋の上からわざと靴を落として拾ってこさせた。張良は、相手が老人なので抗《あらが》うこともせず、しぶしぶ拾ってきてやると、老人は喜んで、五日後の早朝、もう一度ここに来るようにと命じて立ち去った。

約束通り張良が行ってみると、老人は先に来ていて、年寄りを待たせるとは何事だと、遅れてきた張良をなじり、五日後の出直しを命じた。そこで、次は鶏の鳴く時分に行ってみると、老人はまたもや先に来ていて、駄目だと言って再度の出直しを命じた。

黄石公張良図（『有象列仙全伝』巻二より）

五日後、張良は思い切って夜中に行ってみると、まもなく老人がやって来て、こうでなくてはならぬと褒めて、一冊の本を取り出して張良に与えた。それは、周の武王に仕えた太公望呂尚《りょしょう》の著した兵法書の『六韜《りくとう》』だった。張良はこの本を読んで兵法を会得《えとく》し、高祖（劉邦）の軍師にまでなったのである。

この話は、『史記』留侯世家《りゅうこうせいか》、および『漢書』張良伝に残されているが、これをもとにした物語が、わが国の江戸時代に、謡曲や幸若舞《こうわかまい》の演題としてよく取り上げられ、人気を博したという。

ところで、高祖は、張良のことを、「籌策《ちゅうさく》を帷帳《いちょう》の中《うち》に運《めぐ》らし、勝《かち》を千里の外に決するは、吾《われ》、子房《しぼう》に如《し》かず。（戦略を陣中で立て、勝利を千里のかなたで決定づけるという点で、私は子房に及ばない。）」（『史記』高祖本紀）と高く評価している。

高祖が項羽との戦いに勝ち、漢王朝を創業できたのは、張良の立てた戦術によって、幾多の戦争を勝ち抜いていったからに他ならない。その卓越した戦法の豊富さゆえに、老人から兵法書をもらったという、あの伝説が生まれたのだろう。

画賛の詩を詠むには、その画の内容や主題を正確につかむ必要がある。その点、西郷は、『史記』あるいは『漢書』の張良伝を読んでいたので、「子房図」を見て、張良の容姿を「女僊」に似ていると表現したり、書を枕にして眠っている事情を察したりすることができたのである。ここからも、西郷が中国の古典をよく読んでいたことが推察できる。

三、由来《ゆらい》身貴《みたっと》くして素懐《そかいと》鑠く――火牛の計――

幕末になると、江戸幕府の治下二六四年の平穏を破って、旧勢力と倒幕勢力との間で、しばしば戦火を交えることになった。そのような中で薩摩藩があれだけの力を発揮できたのは、いまだ武士道が廃れていなかったからである。

太平の世が続いても、薩摩藩では、戦国時代から連綿と引き継いできた武士道精神を維持すべく、青少年の教育に力を注いだ。その基になったのが郷中《ごぢゅう》教育である。

郷中とは、城下の方限《ほうぎり》（道路で囲まれた区画）のなかに住む武家の集団のことで、その郷中を単位として、自治的に行われた青少年相互の教育制度を、郷中教育という。

子どもたちは、稚子《ちご》（五、六歳～十二、三歳）と二才《にせ》（十三、四歳～二十三、四歳）に分けられ、稚子たちは、リーダーの稚子頭《ちごがしら》のもと、朝早くから夜遅くまで、学問と心身の鍛錬に励んだ。

二才になると藩校の造士館に通って学問し、元服を過ぎると藩に出仕した。年長の二才のなかで優れた者のもとには、朝早くから稚子たちが通って学問の手ほどきを受けた。最も優れた者は二才頭《がしら》となり、その郷中全体を引っ張るリーダーとして、二才や稚子に大きな影響力を持った。また地域の大人たちからも信頼され、一目置かれる存在となるのであった。

西郷がその二才頭を務めたことは、後の活躍から見て当然察しがつく。その経験があったればこそ、その後の倒幕運動で類まれな指導力を発揮できたのであり、人心を掌握できたのである。

薩摩の郷中教育の結晶ともいえる西郷の関与した幕末の戦いは、前後合わせて数回に及んだが、いずれにおいても勝利している。これは時代の趨勢《すうせい》というものもあろうが、やはり、戦いを勝利に導く戦法の知識や、状況を正確に把握する能力が西郷に備わっていたからに他ならない。

戦法については、造士館で『六韜』や『孫子』『呉子』などの兵法書を習っただろうし、自分でも『戦国策』や『春秋左氏伝』『三国志』などを読み漁ったに違いない。次の詩は、戦略家として有名な武将田単《でんたん》について詠んだものである。

読㆓田単伝㆒

連子予知攻㆑狄時
九旬不㆑下力能支
由来身貴素懐鑠
吝㆑死長遭㆓児女嗤㆒

田単伝《でんたんでん》を読《よ》む

連子《れんし》予知《よち》す　狄《てき》を攻《せ》むる時《とき》
九旬《きゅうじゅん》下《くだ》らず力《ちから》能《よ》く支《ささ》ふるを
由来《ゆらい》身《み》貴《たっと》くして素懐《そかい》鑠《と》け
死《し》を吝《おし》みて長《なが》く児女《じじょ》の嗤《わら》ひに遭《あ》ふ

魯仲連《ろちゅうれん》はあらかじめ知っていた。田単が狄を攻めることになったとき
狄は九十日もの間、田単に降伏せず、持ちこたえるだろうと
昔から身分が高くなると、ふだんの志も溶けて無くなり
命を惜しんで、後世まで女や子どもにも笑われることになる

○田単伝…『史記』にある田単列伝のこと。田単は、戦国時代の斉《せい》の武将。○連子…戦国時代の斉の賢人魯仲連のこと。○狄…燕《えん》国の一城邑《じょうゆう》。『史記』の魯仲連列伝にある聊城《りょうじょう》のことか。○九旬…九十日間。○由来…昔から。

列伝によると、田単の若い頃は、どんな困難な状況でも、優れた知恵や洞察力を発揮して見事に苦境を切り抜け、人々から称賛されたものだった。ところが、功成り名を遂げて一領主に収まってしまうと、是が非でも相手をやっつけようという強い意志が無くなって、狄城をなかなか攻略できずにいた。

一方、魯仲連は、田単が敵を攻めあぐねるだろうと予想していた。そこで、自ら狄の将軍に書簡を送り、条理を説き、言葉を尽くして、狄城を明け渡すように説得した。それを読んだ将軍は、自分の進退ここに窮まれりとして、自害してしまい、狄城はあっけなく田単の手に落ちた。

魯仲連の功績に対して、斉王は爵位を与えて報いようとしたが、彼はそれを辞退し、海辺に隠れ住んで、俗世間にとらわれない気ままな生活を楽しんだという。

西郷は、「火牛の計」という奇襲戦法で、その智勇ぶりがもてはやされた田単が、安平《あんぺい》君《くん》に封じられて以降、安楽な貴族生活にうつつを抜かし、昔のハングリー精神をなくして城一つ落とせず、女や子どもにさえ、さげすまれる存在になってしまったことを嘆いているのである。

田単の若い頃の活躍を、『史記』田単列伝は次のように伝えている。

田単は、はじめ斉の都で市場の下役をしていたが、北方の燕が斉に攻めてきたので、一族を引き連れて安平へ、さらには即墨《そくぼく》へと逃れた。斉王も都落ちして莒《きょ》に移り、斉国の城はこの二城を残して、すべて燕軍の手に落ちた。

やがてその即墨も燕軍に包囲され、町の大夫《たいふ》が戦死すると、田単はその後任に推挙され、燕軍と対決することになった。この時用いたのが有名な「火牛の計」という奇抜な戦法である。

田単は、城中の家々から千頭余りの牛を集め、赤色の絹の上衣を着せ、五色で竜の模様を描かせて、刃物を角《つの》にくくり付けた。そして脂《あぶら》にひたした葦《あし》の束を牛のしっぽに結びつけて火をつけ、城壁に数十もの穴をあけ、夜陰《やいん》に乗じてその穴から牛を放ち、兵士五千人があとに続いた。しっぽが熱くなった牛は、怒り狂って敵陣へ突入した。燕軍は夜中のこととて大いに驚き、竜が現れたと勘違いしてパニックに陥った。そこへ、斉の兵士たちが不意打ちをしてきたものだから、ひとたまりもなく、敗走するしかなかった。

田単は、余勢をかって燕軍をどんどん追撃し、ついに七十余城を燕から奪い返した。斉王は都に戻り、再び王位に就いた。田単は戦功によって安平の地を与えられた。

以上が、田単の「火牛の計」のあらましである。この奇襲戦法は、わが国でも用いられたことがある。それは、平安末の一一八三年にあった倶利伽羅《くりから》峠の戦いで、『源平盛衰記《げんぺいせいすいき》』に次のように記されている。

平家軍の総大将・平維盛《たいらのこれもり》（清盛の嫡男重盛《ちゃくなんしげもり》の長男）は、越中・加賀国の国境（現富山県小矢部《おやべ》市と石川県河北郡津幡《つばた》町の境）にある倶利伽羅山中の猿ヶ馬場に本陣を敷いて、木曾義仲《きそよしなか》率いる源氏軍を待ち構えていた。一方、義仲は味方の軍を七手に分け、夜が更けるのを待って、北側の黒谷の方角から、角《つの》に松明《たいまつ》を付けた数百頭もの牛とともに平家の陣に突入した。昼間の進軍で疲れ切っていた平家軍は、源氏軍の奇襲に混乱し、何も反撃できずに追い詰められ、人馬もろとも地獄谷に突き落とされた。

『源平盛衰記』にはこうあるのだが、このような戦いが本当にあったのか、今では疑問視されている。疑問点のいくつかを拾ってみると、この火牛の計の記述があるのは『源平盛衰記』のほうで、源平合戦の本家本元である『平家物語』に出てこないこと、一両日中の短期間に、しかも山間の土地で数百頭の牛を調達するのは困難であること、牛の角に松明を付けたら、むしろ後方に暴走するのではないかということ、などである。

ただ、地元の津幡町の河合谷《かわいだに》地区には、「火牛の計」にまつわる「牛舞坊《うっしゃいぼう》」という郷土芸能が伝承されているところをみると、まるっきりウソということも考えにくい。この祭りは、「火牛の計」で徴発された牛の冥福を祈るために、農民たちが藁《わら》で形作った「牛」を引きながら舞ったのが始まりらしい。

牛の数をサバ読みしすぎていて、本当は数十頭だったとか、松明を角に付けた牛が逆走しなかったのは、尻を鞭《むち》で強く叩いたからだとかいった理由づけをしたら、あながちウソではない気もしてくる。

四、値《あたい》十五城《じゅうごじょう》の珍《ちん》よりも貴《たっと》し——伯夷《はくい》・叔斉《しゅくせい》の操《みさお》——

幕府は、二度にわたって長州に戦いを仕掛ける。禁門の変後の第一次長州征伐のときは、御所に攻撃を仕掛けた長州を討つという大義名分があり、西郷も、征長軍の参謀として大いに活躍した。

しかし、第二次長州征伐のときは、長州を討つべき根拠がなく、徳川氏と毛利氏の私闘にすぎないとして、西郷は出兵しない方向で藩論をまとめ、幕府からの出兵要請をはねつけた。

この頃、西郷の胸の内では、すでに公武合体論に見切りをつけ、倒幕の方向に舵を切っていたので、倒幕勢力である長州を痛めつけるのは得策でないという打算も多分にあったが、義戦でもない戦いに一兵卒たりとも出さないという強い気持ちもあったのである。

義戦ということでいえば、中国の殷末の伯夷と叔斉が、周の武王の出陣を義に適《かな》っていないとして押しとどめた例が思い出される。西郷は彼らの節義を次のように詠んでいる。

詠史

世間多少失㆓天真㆒
貧富廉貪未㆑了㆑因
請看摘㆑薇夷叔操
貴㆓於値十五城珍㆒

詠史《えいし》

世間《せけん》多少《たしょう》天真《てんしん》を失《うしな》ひ
貧富廉貪《ひんぷれんたん》未《いま》だ因《いん》を了《りょう》せず
請《こ》ふ看《み》よ薇《わらび》を摘《つ》みし**夷叔《いしゅく》の操《みさお》**を
値《あたい》十五城《じゅうごじょう》の珍《ちん》よりも貴《たっと》し

世間の多くの人が、天から授かった純真な心を失ってしまい
貧と富、清廉と貪欲という区別が何に起因するのか（それは「欲」に起因するのだが）、人々はまだ理解していない
どうかよく見てほしい、野のマメを食べて飢えをしのいだ伯夷と叔斉の節操を
十五の町と取り換えられるほどの価値を持った和氏の壁よりも貴いのだ

○詠史…歴史上の出来事を主題にして詩を詠むこと。○多少…ここでは「多く」の意。○天真…天から授かった純真な心。○廉貪…清廉（清く正しい心）と貪欲。○夷叔…殷末から周初の、伯夷と叔斉の兄弟のこと。○十五城…戦国時代の秦支配下の十五の町。○珍…珍宝。ここでは「和氏《かし》の璧《へき》」のこと。

この詩には、歴史上のことがらとして、伯夷と叔斉の節操と、値十五城の珍宝が詠み込まれている。そこで、これらの歴史的事項について説明しておこう。まず、伯夷と叔斉の兄弟の話は、司馬遷の『史記』伯夷列伝に次のように見える。

伯夷と叔斉は殷王朝の支配下にあった孤竹《こちく》国という小国の二人の王子である。父王は生前、弟の叔斉を後継ぎにしようと思っていた。父王が死ぬと、叔斉は兄を差し置いて王位には就けないといって拒み、伯夷も父王の意向を無視できないといって拒み、けっきょく二人とも国から逃げ出し、西伯昌《せいはくしょう》（周の文王）のもとに身を寄せた。王位は二人の真ん中の王子（仲子《ちゅうし》）が継いだという。

西伯が亡くなると、その子の発（周の武王）は、父の位牌《いはい》を車に乗せ、東の殷の紂王《ちゅうおう》征伐に出ようとした。途中で出会った二人は、発の馬の手綱《たづな》を押さえて諫めて言った、

「亡くなられた父君を葬りもせず、しかも戦いを起こすとは、孝と言えましょうか。臣として君を討つのは、仁と言えましょうか。」

しかし、二人の諫言は聞き入れられず、発はそのまま出撃し、殷を討って天下を平定した。伯夷と叔斉は、周を主人として仕えることを恥じ、周の穀物を食べることを潔しとせず、首陽山《しゅようさん》に隠れ住み、薇をとって食べ、やがて飢えて死んでしまった。

こうして、節操を貫き通した伯夷と叔斉は、後世、貞節の士として崇《あが》められることになったのである。

西郷は、『南洲翁遺訓』でも伯夷に触れているので、現代語訳で次に示そう。

「正しい道を行う者は、世間の人がこぞって自分の悪口を言っても自己を否定するようなことはしないし、世間の人がこぞって褒めたたえても自己満足することがない。それは自らを深く信じているからである。そのような境地に到るためには、韓文公（唐の韓愈《かんゆ》のこと）の作った『伯夷の頌《しょう》』を熟読し、その内容をしっかり理解しなければならない。」

西郷がここで言及している韓文公の「伯夷の頌」（「頌」とは、人の徳をとり上げて称賛した詩歌や文章のこと）とはいかなるものか、その後半部分を要約して示そう。

伯夷は、どの時代のどこを探してもいないような稀な人物で、他人の批判を気にもかけず、わが信念をどこまでも貫くといった豪傑の士である。

周の武王は、当時、万世の手本である聖人とみなされていたが、伯夷は、その武王を間違っていると批判し、武王を諫めた自分のほうこそ正しいとした。

だから私は、伯夷のことを、ただ一人起ち上がって実行し、どの時代のどこを探してもいないような豪傑の士というのである。

『南洲翁遺訓』で述べられている西郷の考えが、韓文公の「伯夷の頌」を踏まえたものであることがよくわかる。正しいと思ったら人の批判など気にせず、あくまでも自分自身を信じて、自己の信念を貫きなさい、というのである。

『孟子』公孫丑《こうそんちゅう》編・上に、曾子《そうし》（孔子の弟子）が弟子の子襄《しじょう》に伝えた言葉として、「自《みずか》ら反《かえ》りみて縮《なお》くんば、千万人と雖《いえど》も吾往《われゆ》かん（自分の行いを振り返ってみて何もやましい所がなければ、たとえ相手が一千万人であっても、わが道を突き進んで行こう）」とあるが、西郷や韓愈の考えは、この曾子の言葉に通じるものである。

次に、値十五城の珍、すなわち「和氏の璧」について説明しよう。『韓非子』和氏編に、次のような話が見える。

楚の国の和氏が、山中で璞玉《はくぎょく》（掘り出したままで、まだ磨かれていない玉）を手に入れ、楚の厲王《れいおう》に献上した。厲王が玉磨きの職人に鑑定させたところ、職人は、ただの石です、と答えた。厲王は、和氏が自分をだましたと考え、和氏の左足のスジを切って罰した。厲王が死んで武王が即位すると、和氏は、再びその璞玉を武王に献上した。ところが、またしても玉磨きの職人に璞玉ではないと鑑定され、今度は罰として右足のスジを切られてしまった。

武王が死んで文王が即位すると、和氏は璞玉を抱いて楚山のふもとで何日も泣き続けた。文王が家来を派遣してそのわけを尋ねさせると、和氏は、足斬りになったのが悲しいのではなく、璞玉がただの石だといわれ、うそつき呼ばわりされているのを悲しんでいるのだ、と答えた。

そこで、文王が玉磨きの職人に磨かせてみると、はたして立派な宝玉であった。こうして、それは「和氏の璧」と名づけられた。


これが、「和氏の璧」の誕生物語である。「璧」とは、ドーナツを圧しつぶしたような、平らで中央に孔のあいた円盤状の宝玉で、これ以降、宝玉といえばその名が出てくるほど、有名なものになったのである。

では、「和氏の璧」がどうして「値十五城の珍」（連城の璧ともいう）と呼ばれるようになったのか、説明しておこう。『史記』廉頗《れんぱ》・藺相如《りんしょうじょ》列伝に次のようにある。

戦国時代、趙《ちょう》の恵文王が和氏の璧を手に入れると、強国秦の昭襄《しょうじょう》王が十五の城邑との交換を迫った。困った恵文王は、藺相如に一切の処置を任せて、璧を持たせて秦に遣わした。

相如が秦王にお目通りして璧を献上すると、王は璧に見惚《みほ》れているばかりで、十五城との交換など、おくびにも出さない。やはり約束を破るつもりだなと思った相如は、

「その璧には瑕《きず》がございます。お教えいたしましょう。」

といって、王から璧を受け取ると、そのまま柱の前に後退《あとずさ》りし、王が約束を履行《りこう》しないなら、自分の頭もろとも璧を柱石《ちゅうせき》にぶつけて壊してしまいますぞと、怒髪《どはつ》天を衝《つ》く勢いで王を脅した。

二つとない見事な璧が壊れてはたいへんと思った王は、あわてて地図で十五城を示して、璧との交換を約束した。しかし相如は、それでもまだ確証が持てないとして、五日間の王の斎戒《さいかい》（神に祈り、身を清めること）と、天下の至宝を受け取るにふさわしい儀式を要求した。何としても璧を手に入れたい王としては承諾するしかなかった。

五日間の斎戒が明けると、王はさっそく相如を召して璧を渡すように要求した。すると相如は何食わぬ顔で、璧はすでに従者に持ち帰らせたこと、大王を欺いた自分は万死《ばんし》に値するので、かまゆでの刑に処せられても構わないことを平然と言ってのけた。

王はあきれ果て、地団太踏《じだんだ》んだものの、事すでに遅し。いまさら相如を処刑しても始まらないので、形式通り、他国からの使者として礼遇し、帰国させた。

この話から、「和氏の璧」は十五の城と交換するほどの値打ちがあるということで、「値十五城の珍」または「連城の璧」というようになったのである。

また、相如が無事に「和氏の璧」を守り通したことから、「完璧」という故事成語もできた。いまでは「瑕のない完全な璧」の意にとって、完全無欠なことを表す語であるが、本来は「璧を完《まっと》うす」と読み、璧（大事なもの）を無事に守り通す、という意味である。

さて、ここで、西郷が「夷叔の操」と「値十五城の珍（和氏の璧）」を、詩の題材として取り上げた意図を考えてみよう。

「夷叔の操」つまり節操は、精神的な至宝の象徴であり、「値十五城の珍」つまり璧玉は、物質的な至宝の象徴である。西郷としては、もちろん節義・節操のほうに価値があると思っているのだが、人々はどうしても璧玉のほうに走ってしまう。

至宝とするものが自分と人々とでは違う。その根源に何があるかと考えたときに、人々は「欲（物欲）」というものにとらわれていると、西郷は考えたに違いない。「貧」と「富」

の差に気づくのは、人の心に「欲」があるからであり、「無欲」であれば、貧富など問題にしないはずなのだ。

また、「廉」と「貪」の違いも、「欲」の有る無しによる。「廉」の人は、無欲なのであり、「貪」の人は、欲にまみれているのである。

西郷は、世人が「欲」にくらまされて「天真」を失っていることを嘆き、無欲さ、節操の大切さを、改めて訴えているのである。

五、史編《しへん》留《とど》め得《え》たり徳華《とくか》の香《こう》――平重盛の徳――

西郷の人間的魅力の一つは、その礼節をわきまえた態度や、決しておごり高ぶらない謙虚さにある。たびたび登場する勝海舟に、ここでも発言してもらおう。

官軍の江戸城総攻撃を翌日にひかえた前日、勝は、総攻撃の中止を談判するために、江戸田町《たまち》の薩摩屋敷（正確には藩邸近くのしもた屋〔店を閉じた商家〕の橋本屋）までやって来て、西郷と面談した。その折のようすを次のように述べている。

このとき、おれがことに感心したのは、西郷がおれに対して、幕府の重臣たるだけの敬礼を失わず、談判のときにも、始終坐を正して手を膝の上にのせ、少しも戦勝の威光でもって敗軍の将を軽蔑するというようなふうがみえなかったことだ。その胆量の大きいことは、いわゆる天空海闊《てんくうかいかつ》で、見識ぶるなどということは、もとより少しもなかった。

(『氷川清話』)

西郷は、当時、東征大総督府下参謀ではあったが、薩摩藩の海陸軍掛《がかり》という身分にすぎず、それに対して勝は、幕府の軍事取扱という役職で、武家官位の従五位下安房守《あわのかみ》という身分だった。いくら戦勝軍の参謀とはいえ、西郷は、この身分の差をないがしろにするような無礼の徒ではなかったのである。

次に挙げる詩は、礼節を重んじた武将・平重盛をたたえたものである。

平重盛

平重盛《たいらのしげもり》

闔門栄顕肆㆓猖狂㆒

闔門《こうもん》の栄顕《えいけん》猖狂《しょうきょう》を肆《ほしいまま》にす

狼虎群中守㆓五常㆒
忠孝両全誰不㆑感
史編留得徳華香

狼虎《ろうこ》の群中《ぐんちゅう》**五常**《ごじょう》を守《まも》る
忠孝《ちゅうこう》両全《りょうぜん》誰《たれ》か感《かん》ぜざらん
史編《しへん》留《とど》め得《え》たり徳華《とくか》の香《こう》

平家一門の栄華は、他を圧倒して猛《たけ》り狂っていたが
その虎狼のような獰猛《どうもう》な群れの中にあって、平重盛は五常の徳を守った
彼が忠と孝の両方とも全うしたことに、誰が感動しないであろうか
だからこそ歴史書も、その香《かぐわ》しい花のような徳を書き留めたのである

○平重盛…清盛の長子。○闔門…一門。一族。○五常…仁・義・礼・智・信の五つの徳目。
○忠孝…主君への忠誠と親への孝行。○史編…歴史書。ここでは『日本外史』のこと。

平家一門の尋常ではない栄華ぶりは、『平家物語』に見える平時忠《ときただ》の、「此《この》一門にあらざらむ人は、皆人非人《にんぴにん》なるべし」という言葉によく表れている。西郷は平氏のそのような繁栄ぶりを「猖狂（猛り狂っている）」と言い、「狼虎の群」とまでこき下ろしている。

だが、そのような獣にも似た粗野な連中の中に、香りのよい花のような徳を持った人物がいた。それが平重盛である。彼は五常を守り、忠孝を全うして歴史に名を留めたと西郷はいう。では、平重盛の「徳華の香」とは、どのようなものをいうのだろう。

勤皇思想が広まった江戸時代後期に、ある一冊の本が世に出た。頼山陽《らいさんよう》の『日本外史』（一八二七年刊行）である。これは、平安末期の源平の争乱から、徳川氏の江戸幕府誕生までの武家盛衰記を、歴史物語風に記したもので、とくに尊王攘夷運動が高まりを見せた幕末期には、大ベストセラーとなった。平重盛は、この本の「鹿ケ谷《ししがたに》の謀議」のところで出てくる。

一一七七年、鹿ケ谷（現在の京都市左京区）にある僧俊寛《しゅんかん》の山荘に後白河法皇が行幸したとき、法皇の御前で平家打倒の計画が密かに話し合われた。その謀議に加わっていた多田行綱《ゆきつな》が、清盛にこのことを密告したため、参加者が全員捕らえられ、首謀者の僧西光は処刑、他の参加者はみな配流された。

清盛は、法皇も逮捕して幽閉する心算《こころづもり》であったが、息子の重盛に強く説得されて思いとどまった。父清盛を除こうとした法皇の助命を、当の父に説かなければならない重盛の苦《く》衷《ちゅう》を、山陽は次のように表現している。

「欲レ忠則不レ孝。欲レ孝則不レ忠。重盛進退、窮二於此一矣。（忠ならんと欲すれば孝ならず。孝ならんと欲すれば忠ならず。重盛の進退、此《ここ》に窮《きわま》れり。）」

（法皇に忠誠を尽くそうと思うと、父に孝行できず、父に孝行しようと思うと、法皇に忠誠を尽くせない。重盛はどう処置すべきか、まったく困ってしまった。）

父の清盛を諫め、後白河法皇の苦境を救ったこの出来事によって、重盛は、日本三忠臣の一人（あとの二人は、建武の中興時の万里小路藤房《までのこうじふじふさ》と楠木正成《くすのきまさしげ》）と評価されるようになったのである。

重盛が守ったと西郷がほめた「五常」は、儒教の中でも特に重視される五つの徳目のことである。はじめ孟子が、人の備えるべきものとして四徳（仁・義・礼・智）を唱えたが、前漢の儒者董仲舒《とうちゅうじょ》が、それに「信」を加えて五常の道とした。これに、人間関係のなかで人が守るべきものとして孟子が唱えた「五倫」（父子間の親《しん》、君臣間の義、夫婦間の別、長幼間の序、朋友《ほうゆう》間の信、の五つの人の倫《みち》）を合わせたものを、「五倫五常」といい、儒教道徳の基本になるものとして重視された。

西郷は、幼い頃から郷中教育や藩校で、儒教道徳を徹底的にたたき込まれているから、

『日本外史』の中で描かれた重盛の苦衷に大いに共感できた。それで、武士の中でも類まれな彼の徳の篤さを、詩に詠もうと思ったのである。

第四章　鹿児島に一時帰国

江戸城の引き渡しが終わった後も頑強に抵抗を続けていた旧幕府側の彰義隊を、大村益《おおむらます》次郎《じろう》の巧妙な作戦と西郷らの奮戦で破り、江戸から旧幕勢力が一掃された。その後、官軍は、東北や北越方面へ軍を進めていく。

西郷は、東北に援軍を差し向けるために、いったん鹿児島に帰って兵を集め、船で北越に渡った。柏崎《かしわざき》に到着後、北越地方を平定して、米沢、荘内へと進軍していく。

新潟では弟の吉二郎を失っている。弟の死を知った西郷は、悲しむことひとかたでなく、剃髪《ていはつ》してその死を悼《いた》んだ。これ以降、坊主頭を通すことになる。

降伏した荘内藩では、薩摩軍を主体とする官軍の入国を極度に恐れていた。荘内藩が主導した江戸の薩摩藩邸焼き討ち事件では、数十名の薩摩藩士や浪士たちを殺しており、また、今回の官軍との戦闘では、最も果敢に最後まで戦ったからである。

ところが、案に相違して、官軍の荘内藩に対する戦後処理は寛大だった。裏に西郷の配慮があったと聞いて、藩主酒井《さかい》忠篤《ただずみ》は深く感謝し、明治になってから、家老の菅実秀《すげさねひで》などが家来を引き連れて鹿児島の西郷宅を訪問した。

その後、たびたび旧荘内藩士たちは東京や鹿児島の西郷のもとを訪れ、交誼《こうぎ》を結んだ。その交流の記録が、後に『南洲翁遺訓』として結実するのである。

一、夢《む》幻《げん》の利《り》名《めい》何《なん》ぞ争《あらそ》ふに足《た》らん――孔子の清貧、荘子の隠逸――

荘内藩の降伏を見とどけると、西郷は江戸にもどり、京都を経て、明治元年（一八六八年）十一月に鹿児島に帰る。それ以降、明治二年の函館遠征の一時期を挟んで、明治四年の一月まで、鹿児島に蟄居《ちっきょ》することになる。

その頃詠んだ、次のような詩がある。

失題

柴門曲レ臂絶二逢迎一
夢幻利名何足レ争
貧極良妻未レ言レ醜
時来牲犢応レ遭レ烹
願遁二山野一畏二天意一
飽易二栄枯一知二世情一
世念已消諸念息
烟霞泉石満レ襟清

失題《しつだい》

柴門《さいもん》臂《ひじ》を曲《ま》げて逢迎《ほうげい》を絶《た》つ
夢幻《むげん》の利名《りめい》何《なん》ぞ争《あらそ》ふに足《た》らん
貧極《ひんきわ》まるも良妻《りょうさい》未《いま》だ醜《しゅう》を言《い》はず
時来《ときき》たらば**牲犢《せいとく》応《まさ》に烹《ほう》に遭《あ》うべし**
願《ねが》はくは山野《さんや》に遁《のが》れて天意《てんい》を畏《おそ》れ
飽《あ》くまで栄枯《えいこ》を易《かろ》んじて世情《せじょう》を知《し》らん
世念《せねん》已《すで》に消《き》へて諸念《しょねん》息《や》み
烟霞泉石《えんかせんせき》襟《えり》を満《み》たして清《きよ》らかなり

粗末な家で、臂を枕代わりに昼寝し、客の来訪もない
はかない利益や名誉など、どうして争い求める価値があろうか
貧乏のどん底にあっても、順良な妻はまだ愚痴をこぼしたことがない
都でときめいても、そのうち生贄《いけにえ》の子牛のように煮殺されてしまうのだ

叶うことなら、このまま田舎に隠遁して天意にかなった生き方をし
栄枯盛衰など気にもかけず、澄んだ目で世の動きを捉えていたいものだ
俗念はもはや消え去り、雑念もなく
自然の風物だけが私の心を満たして、なんともすがすがしい

○柴門…柴で作った粗末な門。あばら家。○逢迎…来客を出迎えて、もてなすこと。○醜…貧乏を恥じること。ぐち。○牲犢…いけにえの子牛。○烟霞泉石…「烟霞」は、もや。かすみ。「泉石」は、水と石。いずれも自然の風物の象徴。○襟…胸。心。

維新戦争から帰ってきた頃の家は、上之園の借家だったが、それでもわが家であることに変わりはない。そこでゆっくり骨休めできることは、何物にも代えがたいものだった。

詩中に出てくる「臂を曲げる」は、典故のある語で、『論語』述而編に、次のような孔子の言葉が見える。

子曰く、「疏食《そし》を飯《くら》ひ水を飲み、**肱《ひじ》を曲げて**之《これ》を枕とす。楽しみ亦《ま》た其の中《うち》に在り。」

（先生がいわれた、「粗末な飯をたべて水を飲み、腕を曲げてそれを枕にする。楽しみは、やはりそこにも自然にあるものだ。」）

西郷は、この論語のなかの「臂を曲げる」という表現を用いて、帰郷後の気ままな暮らしぶりをうたっている。貧乏ではあるが、世俗の名利《みょうり》とは無縁の生活を存分に楽しんでいるのである。

もう一つ、「牲犢応に烹に遭うべし」も典故のある表現で、『荘子』列禦寇《れつぎょこう》編に、次のような話が見える。

ある王様が荘子を召しかかえようとしたが、荘子はその使いの者に向かってこう答えた、「君はあのお供えの犠牲《いけにえ》の牛を見たことがあるだろう。美しい縫《ぬ》いとりの着物を着せられ、秣《まぐさ》や豆のごちそうで養われているが、さて、引かれて祖先の霊廟《みたまや》に入る段になってから、ただの子牛になりたいと思っても、もうだめではないか。」

名利につられて、官界・政界に出ていくなんて、身を亡ぼすだけのことだ。まっぴらごめんだ、というのである。

儒家の『論語』と道家の『荘子』という、政治的には相反する立場の書物を出典としているが、ここに引用されている部分だけでいえば、ふだん積極的に政治に関わることを主張する孔子も、その説を少し引っ込めて、隠棲を説く道家の主張に歩み寄っている観がある。

このように、帰郷したころの西郷は、朝廷中心の皇国をつくるという先主斉彬との約束も果たしたので、あとは隠居しようと考えていた。

二、市利《しり》朝名《ちょうめい》は我《わ》が志《こころざし》に非《あら》ず――孟母《もうぼ》三遷《さんせん》、蘇軾《そしょく》の不遇――

国の普請《ふしん》は一応のめどが立ったので、こんどはわが家の普請である。鳥羽・伏見の戦い以降の軍功によって、太政官から賞金が下賜《かし》されたので、上之園の借家を引き払い、武村《たけむら》に土地を購入して、持ち家を立てることにした。その頃詠んだ、次のような詩がある。

武村卜居作

武村《たけむら》に卜居《ぼくきょ》しての作《さく》

卜居勿レ道倣二三遷一
蘇子不レ希児子賢
市利朝名非二我志一
千金抛去買二林泉一

卜居《ぼくきょ》す道《い》ふ勿《なか》れ三遷《さんせん》に倣《なら》うと
蘇子《そし》は希《ねが》はず児子《じし》の賢《けん》
市利《しり》朝名《ちょうめい》は我《わ》が志《こころざし》に非《あら》ず
千金抛去《せんきんほうきょ》して林泉《りんせん》を買《か》ふ

武村に住居を定めたが、孟母三遷の故事に倣ったなどと言わないでくれ
蘇軾は、わが子が賢くなることを願わなかった、というではないか（私もそうい
う教育方針に同感だ）
民間で金儲けしたり、官界で名をあげたりすることは、自分の志すものではない
だから大金をはたいて、自然豊かな土地を購入したのだ

○武村…現在の鹿児島市中央町武。○卜居…土地の吉凶を占って家を建てることをいうが、ここでは単に住居を定めること。○三遷…孟子の母が住居を三たび遷《うつ》した故事。○蘇子…北宋の文人蘇軾のこと。○抛去…投げうつこと。○林泉…樹木や泉のある自然豊かな土地。

西郷は、明治二年（一八六九年）に上之園から武村に転居した。生誕地の下加治屋町から数えて三か所目なので、「三遷」の語が合致するのである。

武村の住居跡は、現在は西郷公園となっている。家は残されていないが、古井戸の跡が当時をしのばせる。鹿児島中央駅の裏手に当たり、表の賑やかさとは無縁の、ひっそりとした場所にある。

旧跡には西郷と荘内藩の菅実秀が対座しているモニュメントがあるので、なんとか西郷に関係のある所だとわかるが、気を付けていないと素通りしてしまいそうなほど閑静である。なお、武邨吉《たけむらのきち》という別号は、この地に由来する。

では、当時のたたずまいは、いったいどうであったのか。それについて、旧荘内藩士石《いし》川静正《かわしずまさ》が、明治八年、武村の西郷邸を訪問した際のことを、その著『薩摩紀行』に記録している。その内容はおおよそ次のようなものである。

邸宅は柴垣《しばがき》で囲い、土を掘って建てた細い柱が門である。その門に西郷吉之助と記した小さな木札が掛かっている。門を入ると、右手に物置小屋があり、そこに猟犬を繋《つな》ぎ止めている。左手は家の入口で、土間になっていて、特に玄関のしつらえがあるわけでもなく、訪問客は庭のほうに回ってお座敷に上がっていた。

お座敷の前には、松が四、五本植わっているだけで、居ながらにして鹿児島市街、さらには桜島が遠望できる。室内の四方の壁には、ワシントン、ナポレオン、ロシアのピヨトル大帝、イギリスのネルトン海軍提督といった人たちの肖像画が掛かっている。床の間には、白鶴と落款《らっかん》した書幅のほかに何もなく、傍らの机には、硯《すずり》、反古《ほご》（書画などを書き損じた紙）などが載せてある。ご子息の寅太郎《とらたろう》氏でも、手習いをなさっていたものと思われる。

西郷が使用した井戸

当時の西郷邸が、まるで映像を見るかのように活写されていて、興味深い。壁に四人の西欧人の肖像画が掛かっていたというのは驚きで、西郷は西欧嫌いだったという論は、単なる臆見にすぎないことがこれでわかる。実は、西郷はナポレオンが大のお気に入りで、沖永良部に流罪になった時、持参した本の中に、小関三英《こせきさんえい》訳『那波列翁伝初編《なぽれおんでん》』が含まれていたという話もある。

さて、孟子の母が三度住居を遷した、いわゆる「孟母三遷」の故事については、前漢の劉向《りゅうきょう》の撰した『列女伝』に、次のような話が見える。

孟子（名は軻《か》）の家は、はじめ墓地の近くにあった。それで、幼いころ、墓地で行われる追悼の儀式や、埋葬のまねごとをして遊んでいた。軻の母はそれを見て、子どもを住まわせるような所ではないと思って、市場のそばに引っ越した。ところが、こんどは商人の商売のまねごとをして遊ぶようになった。そこで母は、ここも、子どもを住まわせる所ではないと思って、学校のそばに引っ越した。すると、学校で教えられる礼儀作法のまねごとをして遊ぶようになったので、ここなら子どもを住まわせられると思って、そこに住居を定めた。

この話のせいで、孟母は教育ママの走りだと揶揄《やゆ》されることもあるが、それはともかく、この孟母三遷の話は、幼児の教育にとって環境がいかに大切であるかを教えてくれる。

詩中の「蘇子は希はず児子の賢」にも典故がある。蘇軾は、四十四歳のとき、政争に巻き込まれて黄州《こうしゅう》に左遷されるが、その地で子を授かり、その誕生を祝して、「洗レ児（児《こ》を洗《あら》ふ）」と題する次の詩を詠んだ。

人皆養レ子望二聡明一
我被二聡明一誤二一生一
惟願孩児愚且魯
無災無難到二公卿一

人《ひと》は皆《みな》、子《こ》を養《やしな》ひて聡明《そうめい》たれと望《のぞ》む
我《わ》れ聡明《そうめい》を被《こうむ》りて一生《いっしょう》を誤《あやま》る
惟《た》だ願《ねが》はくは孩児《がいじ》の愚《ぐ》にして且《か》つ魯《ろ》
無災無難《むさいぶなん》にして公卿《こうけい》に到《いた》らんことを

人は皆、子供が聡明に育ってほしいと望むものだが
私は聡明だったばかりに一生を誤った
どうか我が子は愚かで鈍感な人間に育ち
何の災難もなく、高官に上り詰めてほしい

蘇軾が官吏に登用された頃、政界は新法党と旧法党に分かれて争っていた。蘇軾は、欧《おう》

陽脩《ようしゅう》や司馬光《しばこう》の率いる旧法党に属しており、新法党の王安石《おうあんせき》が政権を握ると、国政を誹謗《ひぼう》する詩を作ったという廉《かど》で逮捕された。厳しい取り調べを受け、死刑は免れたものの、江南の黄州に左遷されたのである。

「洗児」とは、生まれて三日目の赤ちゃんを湯に入れて、お客様を招き誕生を祝う行事である。この子は、夫人の侍女を務めていた朝雲《ちょううん》という女性に産ませた子で、幼くして亡くなったという。

それはともあれ、生まれたばかりの子に、愚鈍であれと願う親はいない。これはもちろんアイロニーで、子どもの健やかな成長を祈ると同時に、朝廷の高官たちを、能なしの意気地なしばかりだと皮肉っているのである。

蘇軾は、政治家としては不遇で、幾度も左遷される憂き目にあっている。黄州への左遷は五年の長きに及び、そこでの生活は、自ら荒地を開墾して食糧を確保せねばならないほど、逼迫《ひっぱく》したものだったらしい。流罪の上に貧困まで加わり、その苦悩はいかばかりであったかと想像するに余りあるが、そうした逆境の中でも、蘇軾は多くの優れた詩文や書画を生み出した。

西郷は、自分も書や詩作に心得があり、しかも、幾多の辛酸をなめてきた身でもあったので、共通点のある蘇軾に、人一倍思い入れがあったに違いない。もちろん、西郷はユーモアを解する人間だから、蘇軾が「子の愚鈍」を願ったというのが逆説であり、皮肉であるということもわかっていて、自分の詩に引用したのである。

ところで、西郷がこの詩を詠んだとき、嫡子《ちゃくし》寅太郎は三歳、次男午次郎《うまじろう》はまだ生まれていない。また、奄美大島で生まれた庶子菊次郎《しょしきくじろう》（母は愛加那）は八歳で、住居新築を機に引き取られているので、「孟母三遷」や蘇軾の詩「洗児」からの引用は、菊次郎や寅太郎の教育方針についての思いを詠んだものであろう。

なお、菊次郎の名前について説明しておくと、「菊」は、西郷家の遠祖である肥後の菊池氏からとった。また、最初の子供なのに「次郎」と付けたのは、正妻の子でなかったからである。

もう一度、蘇軾の話にもどると、彼はこの黄州時代に、彼の最高傑作ともいえる『赤壁《せきへき》賦《ふ》』を詠んでいる。赤壁は、三国時代の有名な古戦場（実際は黄州よりもっと長江を遡った場所）で、呉と蜀の連合軍が、圧倒的な兵力を誇った魏の水軍を破ったことで知られる。その赤壁に臨んで、往時《おうじ》をしのぶ賦を詠んだのである。

西郷は、この『赤壁賦』に擬《ぎ》して、「遊赤壁（赤壁に遊ぶ）」と題する詩を詠んだとされる。

赤壁に遊んだ蘇軾の心境に思いを馳せ、自分も錦江湾に船を浮かべて、蘇軾の風雅な思いを追体験している、といった内容の詩である。

ただ、本当に西郷の手になる詩なのか、その真偽のほどが明確でないので、ここでは紹介するにとどめておく。

二、温習《おんしゅう》督《とく》し来《きた》りて魯論《ろろん》を翻《ひるがえ》す——父としての面影——

さて、教育パパにはならないぞ、と啖呵《たんか》を切った西郷だが、実際は、子どもの教育に無関心だったわけではなく、むしろ熱心なところさえあった。その教育熱心な一面は、次の詩でもうかがわれる。

秋暁

蟋蟀声喧草露繁

残星影淡照二頽門一

秋暁《しゅうぎょう》

蟋蟀《しっしゅつ》声《こえ》喧《かまびす》しくして草露《そうろ》繁《しげ》く

残星《ざんせい》影《かげ》淡《あわ》くして頽門《たいもん》を照《て》らす

小窓起レ座呼二児輩一
温習督来翻二魯論一

小窓《しょうそう》座《ざ》を起《た》ちて児輩《じはい》を呼《よ》び
温習《おんしゅう》督《とく》し来《きた》りて魯論《ろろん》を翻《ひるがえ》す

コオロギは盛んに鳴き、草には露がたくさん降りている
明け方まで空に残る星の光が、崩れかけた門をほのかに照らしている
小窓近くの文机から座を起って、子供たちを呼び集め
おさらいを促して、『論語』を繙《ひもと》く

○秋暁…秋の早朝。○温習…おさらいをすること。○魯論…論語。

以前にも述べたが、薩摩藩には郷中教育の制度があって、稚子たちは早朝から二才の家に行って、四書（大学・中庸《ちゅうよう》・論語・孟子）を読む。大人はいろいろ忙しいので、子どもたちが自主的に勉強会を行うのである。

西郷も、国事で江戸や京都に出ることが多く、家を空けがちであったが、維新戦争が終わって帰郷してからは、せっかく家にいるので、子どもたちの勉強を見てやろうと思った

のであろう。

この詩が、一時帰郷（明治元―三年）の際に詠まれたのなら、子どもたちとは、菊次郎と寅太郎であり、中央官庁から身を引いた明治六年（一八七三年）以降の作なら、寅太郎と午次郎のことである。西郷には、もう一人、酉三《とりぞう》という息子がいるが、西南戦争で敗死したとき、まだ三歳になっていなかったから、除外されよう。

『論語』には、魯国に伝えられた『魯論』、斉国に伝えられた『斉論』、古文字で書かれた『古論』の三種類があり、前漢時代に、『魯論』を中心にして残りの二種類が合わさって、現在の『論語』になったと言われている。

寅太郎が後年、父西郷のことを回想して記した「朧《おぼろ》に浮ぶ父の面影」という一文がある。西郷が子供たちに学問を教えようと、ずいぶん骨折った様子がうかがえて面白いので、次に引用する。


「私ら兄弟（自分と午次郎のことか）ならびに従兄《いとこ》の隆準《たかより》（西郷の弟吉二郎の長子）らは、父が沖永良部流謫《るたく》中、昵懇《じっこん》であった川口雪篷翁から、読書を授けられていたが、何《いず》れも悪戯《いたずら》盛りとて、却々《なかなか》雪篷翁の言う事を聞かないので、見るに見兼ねた父は、ぢや俺が一つ教えてやろう、と約一週間ばかり自ら教授してくれたが、どうにも思うように行かぬと見えて、自分の子供は自分で教育するのはよくない、とまた川口翁に一任した。」
（田中万逸著『大西郷秘史』叢文閣）

「自分の子供は自分で教育するのはよくない」と言い訳めいたことを言っているのがおかしい。さすがの西郷も、年端《としは》のいかない子供相手では、どうにもお手上げだったようだ。

四、雪《ゆき》に耐《た》へて梅花《ばいか》麗《うるわ》し——一貫す——

西郷は、子どもにとって学問が大事なことは十分承知していた。だから、島妻愛加那との間に生まれた菊次郎が十二歳になると、文部省の留学生としてアメリカに渡航させた。わが子だけでなく、妹コトの次男宗介（当時二十四歳）も、留学生として菊次郎に同行させている。さらに、宗介の弟勘六《かんろく》（政直。当時十六歳）も、同じ明治五年（一八七二年）に、アメリカ海軍兵学校に留学させている。その政直が留学する際に、次のような詩を贈っている。

示二外甥政直一

一貫唯唯諾
従来鉄石肝
貧居生二傑士一
勲業顕二多難一
耐レ雪梅花麗
経レ霜楓葉丹
如能識二天意一
豈敢自謀レ安

外甥《がいせい》政直《まさなお》に示《しめ》す

一貫《いっかん》す、唯唯《いい》の諾《だく》
従来《じゅうらい》鉄石《てっせき》の肝《かん》
貧居《ひんきょ》傑士《けっし》を生《しょう》じ
勲業《くんぎょう》多難《たなん》に顕《あらわ》る
雪《ゆき》に耐《た》へて梅花《ばいか》麗《うるわ》しく
霜《しも》を経《へ》て楓葉《ふうよう》丹《あか》し
如《も》し能《よ》く天意《てんい》を識《し》らば
豈《あ》に敢《あ》へて自《みずか》ら安《やす》きを謀《はか》らんや

「はい」と答えて留学を承諾したからには、最後までやり通す
それには、もともと鉄石のような堅い意志が必要だ
貧乏暮らしは、かえって豪傑の士を生み出し
手柄は、多くの困難を乗り越えてこそ立てられるのだ

梅花は、雪の冷たさに耐えてはじめて美しく咲き
楓《かえで》の葉は、霜の厳しさを凌《しの》いではじめて赤く色づくではないか
お前が、もしこの天のはからいに気づくことが出来たら
どうして安易な生き方を自ら目指したりしようか（そんな生き方はしないはずだ）

○一貫…一つの態度を貫き通すこと。○唯唯諾…「唯唯」は、「はい」と丁寧に返事をすること。「諾」は、承諾すること。○鉄石肝…「鉄石」は堅いものの喩え。「肝」は、心、精神。○傑士…すぐれた人物のこと。○勲業…立派な功績。手柄。

この詩は、西郷の詩の中でも屈指のもので、とりわけ頷聯《がんれん》「貧居傑士を生じ、勲業多難に顕る」と、頸聯《けいれん》「雪に耐へて梅花麗しく、霜を経て楓葉丹し」は、名句として引用されることも多い。

第一句の「一貫」は、『論語』から出た成語で、その里仁《りじん》篇に、「吾道一以貫之（吾が道は一**以て之を貫く**）」（わたしの道は一つのことで貫かれている）とあり、衛霊公《えいのれいこう》篇にも同様の語がある。孔子は、自分の生き方は「（仁で）一貫している」という強い自負を抱いていた。

西郷はこの「一貫」という語を詩の冒頭に置いて、外国留学を目前にした甥の心を鼓舞したかったのである。

また、同じ第一句の「唯唯諾」という言葉には注意を要する。この語からは、すぐに四字熟語の「唯唯《いい》諾諾《だくだく》」を連想するが、これは『韓非子』八姦《はちかん》篇に典拠があり、事の良し悪しに関係なく、君主の言におもねり従うことを意味する。

しかし、詩中の「唯唯諾」がこの意味だとすると、「一貫」とか、第二句の「鉄石肝」とのつながりがよくない。そこで考えられるのは、西郷は別の意味を込めてこの語を使ったのではないか、ということだ。

実は、西郷の「送菅先生（菅《すげ》先生を送る）」と題する詩の中に、「一諾半銭慚季子（一諾《いちだく》半銭《はんせん》季子《きし》に慚《は》ず）」（私がひとたび承諾しても半銭の値打ちしかなく、季子の一諾に対してはずかしい）という句があり、「唯唯諾」の意味を、この「一諾（ひとたび承諾する）」の意味に取ると、先の詩の意味がすっきり通るのである。

季子は漢代の季布のことで、『史記』および『漢書』にその伝記があり、「黄金百斤《きん》を得《う》るは、季布の諾《だく》を得るに如《し》かず」（たくさんの黄金を獲得するよりも、季布の承諾を得るほうが、もっとすばらしいことだ）（『史記』季布列伝）という言葉が見える。季布は、当時信義に厚い人として知られており、彼が一たび承知すれば、約束を違えずに必ず実行したという。『蒙求《もうぎゅう》』という唐代の初学者用の書物に、この季布の話を取り上げる際に、撰者の李翰《りかん》が、「季布一諾（季布の一諾）」という表題をつけたので、そこから、一たび承諾したら決して裏切らない固い約束のことを、「季布一諾」というようになった。

以上のことから、西郷は、「唯唯諾」を「一諾」と同意で使っていると考えられる。つまり、西郷は、甥《おい》の政直に、異郷の地でひとり生きることは大変な困難を伴うが、ひとたび留学を承諾したからには、途中でくじけずに最後まで初志を貫きなさい、という励ましの思いをこの詩に込めているのである。

第五句の「耐雪梅花麗（雪に耐へて梅花麗しく）」と第六句の「経霜楓葉丹（霜を経て楓葉丹し）」は対句で、苦難を経て、はじめて大きな成果が得られることをいっている。西郷は、とくに第五句をわざわざ別途抜き出して、政直に書き与えている。

昨年（二〇一六年）引退した広島カープのエース黒田博樹は、この「雪に耐へて梅花麗し」の句を、高校の書道の時間に習って感動し、自分の座右の銘にしたという。

広島カープの黒田投手は、目的こそ違うものの、政直と同じように故国日本を離れ、アメリカのメジャーリーグに単身渡って大成功を収めたわけだが、そこにはやはり大変な苦労があったに違いない。まさに座右の銘にふさわしく、絶え間ない努力で、大きな成果を勝ち取ったのである。

なお、甥の市来政直は、明治十年（一八七七年）、奇しくも伯父の西郷が西南戦争で敗死した同じ年に、異国アメリカの地で病没したという。

五、胸中三省《きょうちゅうさんせい》して人《ひと》に愧《は》づること饒《おお》し――炉上の雪――

さきほど取り上げた二つの詩は、息子に学問を教えたり、留学する甥を叱咤激励したりした際に詠まれたものだが、西郷は、自らもよく学問した。そして、その学んだことに照らして、自らを反省する人でもあった。

次に挙げる詩は、いつごろ作られたものか詳《つまび》らかでないが、ここで取り上げておく。

偶成　　偶成《ぐうせい》

厳寒勉学坐二深宵一　　厳寒勉学《げんかんべんがく》して深宵《しんしょう》に坐《ざ》し

冷面饑腸灯数挑
私意看来炉上雪
胸中三省愧レ人饒

冷面《れいめん》饑腸《きちょう》灯《ともしび》数《しばしば》挑《かか》ぐ
私意《しい》看来《みきた》れば炉上《ろじょう》の雪《ゆき》
胸中《きょうちゅう》三省《さんせい》して人《ひと》に愧《は》づること饒《おお》し

厳寒のなか勉学に励み、夜の更けるまで机の前に座る
顔は冷えお腹は空いて、しばしば灯の芯を掻《か》き立てる
自分の思案のあとをたどってみると、あたかも炉の上に置いた雪のように、一瞬にして溶けて、はかなく消えてしまう
胸中に三たび反省すると、人に対して恥じることが多い

○深宵…夜更《ふ》け。　○饑腸…空《す》き腹。

西郷が漢詩を作り始めたのは、沖永良部で川口雪篷と知り合ってからなので、この詩がそれ以降の作であることは確かである。静寂な詩の趣から、国事に奔走していた頃とは考えられず、おそらく鹿児島に蟄居していた頃の作だろう。

夜更けまで灯りをともして勉強していると、これまでのいろんなことが胸中に浮かんでくる。その中には、自分では正しいと思っていたことも、よく考えてみると、はたして正しかったのか、わからなくなることがある。

その、自分の考えの頼りなさを、「炉上雪」というたとえで表現しているのである。この語は、禅語の「紅炉上一点雪（紅炉《こうろ》上《じょう》一点の雪）」（赤く燃えている炉の火の上に一点の雪を置けば、たちまち溶ける）（『碧巌録《へきがんろく》』）からの引用と思われる。

ただ、禅語では、疑問点がたちまち氷解し、道を悟って胸中に戸惑いがないさまをいうのであるが、詩中の「炉上雪」の意味は、確かに存在していたものが、消えてなくなること、すなわち、正しいと考えていた自分の見解が、確固としたものではなくなってきたことを意味していよう。

結句の「三省」は、『論語』を出典とする成語である。その学而編に、

曾子《そうし》曰《いわ》く、「吾《われ》、日に三**たび吾が身を省みる**。人の為《ため》に謀《はか》りて忠《ちゅう》ならざるか、朋友《ほうゆう》と交はりて信《しん》ならざるか、習はざるを伝ふるか」と。

（曾子が言った、「私は、一日に幾度も自分の身を振り返ってみる。人のために考え

てやって、真心がこもっていなかったのではないか。友人と交際していて、誠実でなかったのではないか。おさらいもしていないことを、人に教えたのではないか」と。)

『論語』の中でも有名な文句なので、御存じの方も多いだろう。ただ、これが曾子の言葉であることを知っている人は少ない。多くの人は、『論語』の中にあるので、孔子の言葉だろうと早合点している。

曾子は、孔子の門人で、名を参《しん》という。孔子より四十六歳若かったが、『論語』に出てくる門人の中で、始終、尊称の「子」をつけて呼ばれるのは彼だけで、それだけ重要人物であったことが分かる。孝道を説いた『孝経《こうきょう》』は、彼の著になるといわれている。

さて、西郷といえば、沈着冷静、深謀遠慮、果断実行の人で、人に恥じるような愚かな行為などあったのだろうかと思ってしまうが、やはりそれなりに反省すべきことが多々あったのだろう。いつぞやはこういうことがあった。

明治五年(一八七二年)六月、明治天皇が軍艦に乗って、西国巡幸の途につかれた。東京を出発して、関西、瀬戸内、下関を通って、長崎、熊本、鹿児島までの旅である。西郷が随行員の長官を務めていた。

巡幸も終わり近くになり、熊本で乗船する際のことである。乗り場の小島に午後四時に着いたが、沖に停泊している軍艦まで天皇を運ぶボートを、小島にしつらえた桟橋に横付けできないという事態が発生した。

軍艦運航の総責任者である海軍少輔・川村純義《かわむらすみよし》（妻は西郷の母方の従妹）が、桟橋を仮設する際に、潮の干満の測定を誤り、満潮になる夜の十一時まで待たねばならなくなったのである。

西郷は怒りを抑えることができず、そばにあったスイカをとって、思いっきり庭に投げつけた。スイカの真っ赤な果肉が辺りに四散するさまを二階から見ていた天皇が、その時のことを後々まで語り草にしたという（宮内庁『明治天皇記』）。

六、平素《へいそ》の蘭交分外《らんこうぶんがい》に香《かんば》し――春夜の哀愁――

いま見た巡幸の際の、感情をコントロールできないような振る舞いは、西郷としてはたいへん珍しいことで、彼の伝記や逸話のなかに、これと似た、眉をひそめるようなエピソードが出てくることは、ほとんどない。

西郷といえば大胆勇気の人で、いったん口を開けば、他を圧する風格と威厳を持った、男らしいさまをイメージする。女々しく、寂しがり屋で、頼りないといったことは、西郷とはまったく無縁のもの、とふつうは考える。

ところが、次のような詩を詠んだのも、まぎれもなく西郷なのである。

待レ友不レ到

平素蘭交分外香
今朝有レ約已斜陽
依レ門倚レ戸相俟久
春夜長似二秋夜長一

友《とも》を待《ま》つも到《いた》らず

平素《へいそ》の蘭交分外《らんこうぶんがい》に香《かんば》し
今朝約有《こんちょうやくあ》り已《すで》に斜陽《しゃよう》
門《もん》に依《よ》り戸《と》に倚《よ》りて相俟《あいま》つこと久《ひさ》し
春夜《しゅんや》の長《なが》きこと秋夜《しゅうや》の長《なが》きに似《に》たり

ふだんから格別に仲良くしている友ではあるのだが
朝のうちに会おうと約束して、もう夕方になってしまった

門や戸に身体をあずけて、ずいぶん長いこと待っている
本来は短いはずの春の夜の長さが、まるで秋の夜長のように、長く感じられる

○蘭交…金蘭の交わり。親しい交わりのこと。○分外…格別に。○斜陽…夕陽。

起句の「蘭交」は成語で、『易経《えききょう》』繋辞《けいじ》伝・上に、次のような文句が見える。

「二人同レ心、其利断レ金。同レ心之言、其臭如レ蘭。（二人《ににん》心を同じくすれば、其の利、金を断つ。心を同じくするの言は、其の臭《しゅう》、蘭のごとし。）」

（節操を持った人物の言動はそれぞれ異なるが、二人が心を一つにして事に当たれば、あたかも鋭利な刃物で金属を切断するように強大な力を発揮し、どんなことでも成し遂げられる。また、二人が心を一つにしたとき口に出す言葉は、蘭の花の香りのように誠実で、高い徳にあふれていて、遠い所にいる人にまで影響を与える。）

この『易経』の文句から、蘭の香りのように周囲によい影響を与える親密な交際を、「蘭交」というようになった。「金蘭の交わり」または「金蘭の契《ちぎ》り」ともいうが、この場合の「金」は、もちろん「お金」のことではなく、「金属よりも固い」という意味である。

西郷の待っている友人は、はたして誰であろうか。考えられるのは、吉井友実《よしいともざね》か、木場《こば》伝内《でんない》か、桂久武《かつらひさたけ》である。大久保利通は、西郷が帰郷して鹿児島にいる頃は、誕生したばかりの東京の新政府を切り盛りするため、四苦八苦しているので、ここでは考えられない。

吉井友実とは同い年で、幼なじみであり、沖永良部にも迎えに来るぐらい昵懇《じっこん》の間柄であったので、考えられなくもないが、やはり、大久保と同様、西郷が鹿児島にいる頃は中央官庁にいたので、これも候補から外れる。

木場伝内は、西郷が奄美大島に潜居していた当時の見聞役で、それ以降、親しく付き合うようになったのであるが、彼も、当時は関西にいたので外れる。

こう見てくると、桂久武が最有力候補ということになる。桂は西郷より二歳年下だが、島津家の分家である日置島津家の出で、家格が西郷家よりずっと高い。また、次兄は、第一章で触れた高崎崩れの赤山靭負である。西郷が奄美大島に潜居していたとき、桂は大島守衛方として赴任していて、それ以来の付き合いである。

桂久武は、藩内では大目付、家老を歴任し、藩論を武力討幕論へと導いて、維新運動に大きく貢献した。西郷が一時帰郷していた頃は、藩の参事として西郷と協力して藩政に携わっていた。明治十年（一八七七年）の西南戦争では、西郷の出陣を見送りに行ったが、西郷の雄姿を見て参戦を決意し、そのまま家に戻らず従軍した。そして、最後まで西郷と行動をともにし、城山で戦死したのである。

そういう意味では、「金蘭の交わり」というより、むしろ「刎頸《ふんけい》の交わり（その人のために頸《くび》を刎《は》ねられても悔いないほどの親密な交わり）」といってもいいほどで、ここで待っている「友」は桂久武のことと考えてよいだろう。

さて、この詩は、寂しい感じのする、センチメンタルな詩である。豪放磊落《ごうほうらいらく》な西郷のイメージからは想像もつかない。だが、もともと情感豊かな人であるから、こういう哀愁を帯びた気分になることも、きっとあったに違いない。

私はこの詩を読んで、『史記』の中に出てくる、孔子にまつわる、あるエピソードを思い出した。『史記』孔子世家《せいか》に次のような話が見える。

孔子が鄭《てい》の国に行ったときのこと。弟子たちとはぐれ、ひとり城郭《じょうかく》の東門に立ってい

た。孔子を探していた弟子の子貢《しこう》に、鄭のある人が教えて言った、

「東門にそれらしき人物がいました。（途中省略）その憔悴《しょうすい》したさまは、ちょうど喪中の家で飼われている犬のようでしたよ。」

この故事から、「喪家之狗《そうかのいぬ》」という四字熟語ができたのであるが、それはさておき、あの偉大な孔子も、やせ衰えた見すぼらしい犬のように、人から見られたときがあったのである。

そのことを考えると、この詩から、ふだんとは違う、西郷の哀愁に満ちた雰囲気を感じ取ったとしても、何ら不思議ではないのである。

第五章　維新政府の主役

西郷は、鹿児島に帰郷後はそのまま隠棲するつもりでいた。藩にも出仕せず、もっぱら日当山《ひなたやま》温泉（現在の霧島市にある）にこもって、維新戦争で酷使した体をいやした。日当山は自然豊かなところで、少し山手に行けば狩りができ、近くの川では魚が釣れた。

定宿にしていた旧家の龍宝伝右衛門《りゅうほうでんうえもん》宅は、今は当時の藁《わら》ぶき屋根の状態で再建され、「西郷どんの宿」として観光名所になっている。今回、取材を兼ねて行ってみたが、元あった場所から移されてはいるものの、苔《こけ》むした藁や古びた板壁には、当時をしのばせる雰囲気がただよっていた。

一、犠《ぎ》牛杙《ぎゅうよく》に繋《つな》がれて晨《あした》に烹《に》らるるを待《ま》つ ——葛藤と決意——

隠遁を決め込んでいた西郷ではあったが、版籍奉還によって藩政が混乱を極めている中、わざわざ日当山まで西郷を訪ねて来た藩主島津忠義のたっての要請を受けて、再び出仕せざるを得なくなり、大参事として藩政改革に従事することになった。

やがて、中央政府の大久保からも、弟西郷従道《つぐみち》を通じて出仕の要請があり、生まれたての新政府が様々な困難に直面していることを聞いて、上京して新政府を手伝うことを決意した。

次は、その頃に詠んだ詩である。

志レ感寄二清生兄一

去二来朝野一似レ貪レ名
竄謫余生不レ欲レ栄
小量応レ為二荘子笑一

感《かん》を志《しる》して清生兄《きよなりけい》に寄《よ》す

朝野《ちょうや》を去来《きょらい》するは名《な》を貪《むさぼ》るに似《に》たり
竄謫《ざんたく》の余生栄《よせいえい》を欲《よく》せず
小量《しょうりょう》応《まさ》に荘子《そうし》の笑《わら》ひと為《な》るべし

犠牛繋レ杙　待二晨烹一

犠牛《ぎぎゅう》杙《よく》に繋《つな》がれて晨《あした》に烹《に》らるるを待《ま》つ

朝野の間を行き来する姿は、名誉を欲しがっているように見えるかもしれない
遠島流罪の傷を持つ残りの人生だ、今さら栄誉など欲しくはない
なのに、このたび朝命をお受けして都に上るこの小量さは、大臣への招請を断ったあの荘子からは、きっと笑われるに違いない
（荘子から見れば）杭《くい》に繋がれた生《い》け贄《にえ》の牛が翌朝煮られる運命にあるように、宮仕えは明日の身もおぼつかないのだから

○清生…木場伝内のこと。○朝野…朝廷と民間。○竄謫…罰として遠地に追放すること。○小量…人間としての度量が狭いこと。○荘子…戦国時代の道家の思想家。

「西郷どんの宿」

木場伝内は、第四章でも少し触れたが、西郷の奄美大島潜居時代に、代官の相良角兵衛《さがらかくべえ》の圧政に西郷が抗議した際、調停を買って出て問題が解決したことがあり、それ以来の友人である。この詩が詠まれた当時は、大坂薩摩藩邸の留守居役であった。

木場との親密な関係は、その往復書簡からもうかがうことができる。西郷は、奄美大島から帰還したのも束の間、久光の逆鱗《げきりん》に触れて、三か月後に徳之島に流される身となるが、その流刑地の徳之島から木場宛に送られた七千字を優に超える長文の書簡は、西郷が流罪になったいきさつや、当時の薩摩藩の内情を知る上で貴重な史料となっている。

詩の起句と承句に見える、「朝廷に出仕するのは名誉や栄達のためではない」という考えは、西郷の「政治家たる者は無欲であるべきだ」という信念にもとづくもので、『西郷南洲遺訓』にも、次のようにある。

「命もいらず、名もいらず、官位も金もいらぬ人は、仕末《しまつ》に困るものなり。此《こ》の仕末に困る人ならでは（でなくては）、艱難《かんなん》を共にして国家の大業《たいぎょう》は成し得られぬなり。」

また、政治家の心掛けについて、同じ『遺訓』でこう述べている。

「万民の上に位する者、己を慎み、品行を正しくし、驕奢《きょうしゃ》を戒め、節倹《せっけん》を勉め、職事に勤労して人民の標準となり、下民《かみん》其の勤労を気の毒に思う様ならでは、政令は行われ難し。」

これらの訓戒は、いつの時代にも言えることであり、現代の政治家の方々も、ぜひ参考にしてもらいたい。

結句の「犠牛繋杙待晨烹（犠牛杙に繋がれて晨に烹らるるを待つ）」は、第四章の一で取り上げた「失題」と題する詩中の「牲犢応遭烹（牲犢《せいとく》応《まさ》に烹《ほう》に遭《あ》うべし）」と同じく、『荘子』列禦寇《れつぎょこう》編にある「隠棲」を勧める寓話が典故である。

『荘子』には、政治に参画するよりは、隠棲して、与えられた寿命を全うしたほうがよいとする考えがあり、秋水《しゅうすい》編にある次の寓話も、同じ趣旨のことを述べたものである。

荘子が濮水《ぼくすい》のほとりで釣りをしていた。そこへ楚王が二人の大夫を遣わして自分の意向を伝えた。

「先生に国の政治をお任せしたいのですが。」

荘子は釣り糸を垂れたまま、振り向きもせずに言った。

「楚には神亀というものがあるそうですね。王はそれを絹の箱に収めて、廟堂の中に大切にしまっておられるとか聞いております。その亀は、死んで、その骨を残して貴ばれたかったでしょうか。それとも、生きて、泥の中で尾を引いていたかったでしょうか。」

「それはもちろん、生きて、泥の中で尾を引いていたかったでしょう。」
「それがおわかりなら、お引きとりください。わたしも泥の中で尾を引くことにします。」

この寓話から、「尾を途中《とちゅう》に曳《ひ》く」という故事成語ができた。これは、政府の要職について束縛されるより、貧しく賤《いや》しくても、自由気ままに暮らしたほうがましだということの喩えである。

転句の「小量」とは、王様の要請を断った荘子の大度量に比べて、朝命を断り切れない自分を卑下して言っているのであるが、ここには、あえて生け贄の牛となろうとする西郷の決意がうかがえる。

西郷の心の中では、出仕して世のために働こうという儒家的生き方と、隠遁して己の生を全うしようという道家的生き方とのせめぎ合いがあり、ここでは前者の気持ちがまさったといえよう。

二、願《ねが》はくは衰老《すいろう》をして塵区《じんく》より出《い》でしめよ――藍田《らんでん》の約、竹林の徒《と》――

西郷が新政府のメンバーとして大きな働きをしたのが、廃藩置県である。明治四年（一八七一年）の時点で全国に二六一あった藩は、版籍奉還で一応は領主権を手放してはいたが、まだ独自に政令を定め、軍事力も保持していた。藩を廃止するとなると、大きな抵抗が予想された。

それで、廃藩置県を断行する最終段階になっても、三条実美《さんじょうさねとみ》や岩倉具視《いわくらともみ》などは政情不安を危惧し、政府内で討議した際も論議が紛糾していたが、会議に遅れてやってきた西郷が、もし異論を挟《さしはさ》む藩が出てきたら、兵を繰り出して、その藩を討ち潰すまでのことです、とこともなげに言うと、議論は瞬時に止んだという。

廃藩置県によって、近代国家建設の筋道が見えてきた政府は、外交使節団を編成し、政府要人の半数が海外視察に赴くことになった。西郷は居残って留守政府を預かることになったが、新規の改革は極力控えるよう、海外使節組から釘を刺されていた。

それにもかかわらず、西郷を中心とする留守政府は、学制、地租改正、徴兵令など、重要政策を矢継ぎ早に実行していった。この他にも、国立銀行の設置、秩禄《ちつろく》処分、鉄道開業、太陽暦採用、キリスト教禁制の撤廃、面白いところでは仇討ち禁止令など、明治期の主要な文明開化政策は、西郷主導の留守政府時代に行われたのである。

そういう諸政策の推進に最も脂が乗っている頃の一コマだろうか、朋友の吉井友実から宴会へのお誘いが来た。西郷にはお役人の集まりか、それとも資本家からの陳情のためのご招待か、よくわからなかったので、とにかく次のような詩を詠んで、丁重にお断りすることにした。

奉レ寄二吉井友実雅兄一

如今常守二古之愚一
転覚交情世俗殊
規誨自然生二戯謔一
杯樽随意極二歓娯一
同袍固慕二藍田約一
談笑尤非二竹林徒一
此会由来与レ孰倶
願令三衰老出二塵区一

吉井《よしい》友実《ともざね》雅兄《がけい》に寄《よ》せ奉《たてまつ》る

如今《じょこん》常《つね》に古《いにしえ》の愚《ぐ》を守《まも》り
転《うたた》覚《おぼ》ゆ交情《こうじょう》世俗《せぞく》に殊《こと》なるを
規誨《きかい》自然《しぜん》に戯謔《ぎぎゃく》を生《しょう》じ
杯樽《はいそん》随意《ずいい》に歓娯《かんご》を極《きわ》む
同袍《どうほう》固《もと》より藍田《らんでん》の約《やく》を慕《した》ひ
談笑《だんしょう》尤《もっと》も竹林《ちくりん》の徒《と》に非《あら》ず
此《こ》の会《かい》由来《ゆらい》孰《たれ》と倶《とも》にする
願《ねが》はくは衰老《すいろう》をして塵区《じんく》より出《い》でしめよ

君とは、今でも昔ながらの愚直な交際を続けているが
ますます君との友情が、世間的なお付き合いとは違う特別なものだと実感してい
る
君とは、戒め教え合うときでも、自然とユーモアが出てくるし
酒盛りをするときも、思うがまま、この上なく楽しい酒が飲める
どてらを共有した親友だから、もちろん、杜甫が藍田の宴会に参加する約束を履
行した故事にならって、君の宴会へのお誘いをお受けしたいが
酒席での談笑が、中国の七賢人みたいな現実離れした放言になってはいけない
（そこで尋ねるのですが）この宴会は、そもそもどなたとご一緒するのですか
どうか、この老いぼれを、汚れた俗世間から脱出させるような宴会であってほし
い

○如今…現今。○杯樽…杯と酒樽。つまり酒盛りをすること。○同袍…袍《どてら》（綿入れ）を共有すること。また、それほど親しい友人。○藍田約…杜甫が藍田の宴会に約束通り参加し

た故事。○竹林徒…竹林の七賢人。

この詩は、明治六年ごろの作というから、ちょうど西郷が政府の中枢にいたころである。あちこちの方面から宴会攻勢をかけられていたとしても、不思議ではない。

事実、他の政府高官たちのなかには、財界の有力者や資本家と結んで財を成すものも多かったようで、当時大蔵大輔《たいふ》であった井上馨《かおる》などは、西郷から「三井の番頭さん」と揶揄《やゆ》されていた。

西郷は、蓄財に走る連中を、最も毛嫌いしていた。『西郷南洲遺訓』にも、次のような文句が見える。

「草創の始《はじめ》に立ちながら、家屋を飾り、衣服を文《かざ》り、美妾《びしょう》を抱へ、蓄財を謀りなば、維新の功業は遂げられ間敷也《まじきなり》。今と成りては、戊辰《ぼしん》の義戦も偏《ひと》へに私《わたくし》を営みたる姿に成り行き、天下に対し戦死者に対して面目無きぞとて、頻《しき》りに涙を催されける。」

後年、西郷宅を訪問した山形の荘内藩士たちに語った言葉であるが、私欲に走る風潮は、西郷が政府を主導する以前から、すでに一部の高官たちの間に蔓延《まんえん》していたようだ。

さて、詩中にあるように、吉井友実は、生まれた年が西郷と同じで、生家も近く、まさしく竹馬の友であった。西郷の二度目の遠島がご赦免になったとき、沖永良部島まで迎えに来たのが、弟の従道と吉井友実であったということからも、その親交の深さがうかがえる。

もう一つ、西郷との関係で言えば、王政復古の章典で西郷に位階が授与されることになり、朝廷に名前を届けることになった。ところが、代わりに届けた吉井が間違って、本名の「隆永」と書くべきところを、父親の名である「隆盛」と書いてしまった。それ以降、西郷は、正式文書の署名でも「隆盛」を使用するようになった。

つまり、吉井の間違いがなければ、維新革命を成し遂げた人物を「西郷隆盛」と呼ぶことにはならなかったわけで、奇しくも吉井は、歴史に名を残す人物の名付け親になったのである。

なお、「かにかくに祇園《ぎおん》はこひし寝《ぬ》るときも枕のしたを水のながるる」などの歌で知られる近代歌人吉井勇《いさむ》は、彼の孫にあたる。

詩中の「藍田約（藍田の約）」の説明に移ろう。『唐詩選』のなかに、杜甫の「九日《きゅうじつ》藍田崔氏荘《さいしそう》」という作品がある。これは、杜甫が、九月九日（重陽の節句の日）に、藍田（長安の東南、終南山《しゅうなんざん》の麓《ふもと》の景勝地）にあった崔氏の山荘に招かれ、歓待されたときに詠んだ七

言律詩である。その首聯《しゅれん》に

老 去 悲 秋 強 自 寛　　老い去《ゆ》きて悲秋《ひしゅう》強《し》いて自《みずか》ら寛《ゆる》うし

興 来 今 日 尽㆓君 歓㆒　　興来《きょうき》たりて今日君《こんにちきみ》が歓《かん》を尽《つ》くさん

（年老いて悲しみに満ちた秋、しいて自分の悲しみを和らげるため
興がわくままに、きょう、君の歓待をすっかりお受けしよう）

とある。そうすると、西郷の詩の第五句「藍田の約を慕《した》ひ」の意味は、解釈に示したように、「君の宴会へのお誘いをお受けしたい」ということになる。

ところが、次の第六句に「談笑尤も竹林の徒に非ず」とあり、西郷は、宴会への出席に二の足を踏んでいるのである。

「竹林の徒」とは、中国の魏、晋時代の七賢人（阮籍《げんせき》、嵆康《けいこう》、山濤《さんとう》、向秀《しょうしゅう》、劉伶《りゅうれい》、王戎《おうじゅう》、阮咸《げんかん》）のことで、俗世間を避けて竹林に遊び、自然を友とし、詩を詠み、酒を酌み交わしたといわれている。

だが、実際は、この七人には年齢的なズレがあり、一堂に会することはできない。また、

役職に就いていた者もおり、超俗的な生活とは言い難い。とくにわが国では、竹林の七賢というと、礼法を軽んじ、現実離れした無責任な発言をする者の代名詞となっており、評判は芳しくない。この詩でも否定的なニュアンスを込めた使われ方をしている。

つまり、この第六句は、礼儀をわきまえない無責任な連中との宴会なら、御免蒙《こうむ》りたいというのである。それで、第七句で出席者が誰なのかを尋ねているのである。

最後の句の「願令衰老出塵区（願はくは衰老をして塵区より出でしめよ）」は、一見、宴席に引っ張り出してほしい、すなわち、出席したいという意味にとれるが、宴会が俗世間と何ら変わらないような、俗っぽいものであるなら、出席は取りやめにしたい、という思いを込めているのである。

三、児孫《じそん》の為《ため》に美田《びでん》を買《か》はず――玉砕瓦全《ぎょくさいがぜん》――

今回、西郷に関する様々な史料を読み漁っていて、ある発見があった。『西郷隆盛年譜』（山田尚二《やまだしょうじ》編）という、何でもなさそうな薄っぺらな冊子状の本があって、これがめっぽう詳しい。西郷に関することなら何でもござれといった感じである。

発見とは、この本もさることながら、その中に記述されている、ある事柄である。それは何気なく頁をめくっていて気付いたのだが、二度目の遠島から帰藩して活躍し出してから、やたらと「返上」が多いのだ。たとえば、

慶応二年、藩の大目付・役料米二〇〇石・陸軍掛に任ぜられる。大目付と役料高の返上を願う。翌月、大目付役返上許され、役料高も六〇石返上許され一四〇石となる。

明治元年、海陸軍掛及び徴士（天子に召されて政府の要人として仕える者）を命ぜられる。藩主に請うて徴士を辞任する。

明治二年、正三位に叙せられる。位記（位が正式文書に記されること）返上を願う。その後、返上許可（つまり位階取り消し）。

明治三年一月、藩の参政を辞退。相談役を命ぜられ、一世養俸一五〇俵を与えられる。六月、相談役の減俸願いが許され、翌年の三月まで一二〇俵となる。八月、藩の大参事となり、俸禄六四〇俵となる。十月、二九〇俵の返上を願い出て、一四〇俵の減俸が許される。

明治六年、五月に炎上した皇居復興の献金として、給料の半分（二〇〇円）を七月から、さらに八月からは二五〇円を差し引くことを願い出る。結局、国の参議としての給料は

四〇〇円となる。

以上、くだくだと書いてきたが、これらの記述からわかるように、西郷は、藩からの俸禄や位階、あるいは国からの給料等を、高額だといって自ら返上しているのである。賃上げ交渉をするのが当たり前の今の感覚からすれば、給料が高いから下げてくれという申し入れなど、到底考えられないことだ。

西郷はなぜこうも無欲なのか。一つには若い頃から修めた禅の教えの影響が考えられる。西郷の修めた禅は、道元の始めた曹洞《そうとう》禅だったといわれるが、その教えの一つに「自己放《ほう》下《げ》」というものがある。これは、身も心も捨て去って、自己に執着する心をなくす修行らしい。『西郷南洲遺訓』に

「己を愛するは善からぬことの第一也。修業の出来ぬも、事の成らぬも、過《あやまち》を改むることの出来ぬも、功に伐《ほこ》り驕謾《きょうまん》の生ずるも、皆な自ら愛するが為なれば、決して己を愛せぬもの也。」

とあり、自己愛を捨てることの大切さを述べているが、これは禅の「自己放下」の教えによるものではないかと思う。

もう一つ、西郷が無欲であった、あるいは無欲であろうとした理由として、欲に溺れて

しまうと目的が達成できないということもあったに違いない。

では、その目的とは何か。その手掛かりを与えてくれるのが、桂久武に送った書簡に見える、次のような記述である。

「一度《ひとたび》賊臣の名を蒙《こう》むり、獄中迄《まで》打込められ候《そうろうにつき》付、其儘《そのまま》朽《くち》果《は》て候ては、先君公へ申訳これ無く、一度国家の大節に臨み、賊臣の御疑惑を相《あい》晴らし候えば、泉下の君へ謁《えっ》し奉り、只是《ただこれ》ばかりの心辺にてご奉公仕居《しお》り、……」

賊臣として入獄し、汚名を着せられたまま死んでしまっては、先君斉彬公に対して申し訳なく、国家一大事に際して賊名を晴らすような仕事が出来たら、亡き先君にも合わす顔がある、そればかりを考えて頑張っているのだと言っている。

つまり、斉彬公の目指した西欧列強に蹂躙《じゅうりん》されず、肩を並べるくらいの立派な日本国を造るという一大目的があり、そのためには、財産や名誉などといった私欲にうつつを抜かしている余裕などない、という思いがあったに違いない。

そのような大目的を完遂するために、一身をも捧げよう、蓄財などには走るまい、という決意を詠んだのが、次の詩である。

感懐

幾歴㆓辛酸㆒志始堅
丈夫玉砕愧㆓甎全㆒
一家遺事人知否
不㆘為㆓児孫㆒買㆗美田㆖

感懐《かんかい》

幾《いく》たびか辛酸《しんさん》を歴《へ》て 志《こころざし》始《はじ》めて堅《かた》し
丈夫《じょうふ》玉砕《ぎょくさい》して甎全《せんぜん》を愧《は》ず
一家《いっか》の遺事《いじ》人《ひと》知《し》るや否《いな》や
児孫《じそん》の為《ため》に美田《びでん》を買《か》はず

いくたびか辛酸を嘗《な》めてはじめて、人の志は堅固なものになる
男児たるもの、玉と砕け散ることはあっても、無傷の瓦のまま生き長らえることを恥じるものだ
我が家の遺訓を、人は知っているだろうか
それは、子孫の為に良い田畑を買い残したりしないということだ

○感懐…心に感じたこと。「偶成」「逸題」などの詩題を付けている本もある。○甎全…「甎」は、敷き瓦のこと。「甎全」は、完全な状態の瓦のことで、つまらないもののまま身を全う

することのたとえ。〇遺事…「遺訓」に同じ。

この詩は、西郷の詠んだものの中でも、最もよく知られた詩である。起句の「幾歴辛酸志始堅（幾たびか辛酸を歴て志始めて堅し）」は、この句だけでも、西郷に関連した書物等で、目にしたことがあるに違いない。

同じような意趣を含んだ詩句として、第二章の二で取り上げた詩中の句「辛酸骨《しんさんほね》に透《とお》りて吾《わ》が真《まこと》を看《み》る」や、第四章の四の詩中句「貧居傑士《ひんきょけっし》を生じ、勲業《くんぎょう》多難に顕《あらわ》る」、および「雪に耐へて梅花麗《うるわ》しく、霜を経て楓葉丹《ふうようあか》し」などがある。

このように、西郷は、堅固な精神を育むのは、困難に直面したときに、いかに耐え、いかに克服していくかということにあると、繰り返し詩に詠んでいるのである。

その根底には、西郷がこれまで経験した幾多の試練があったことは言うまでもない。土君斉彬の死、殉死の決意と翻意、入水自殺の決行と蘇生、二度にわたる遠島、戊辰戦争など、人に数倍する辛酸をなめ、それらを乗り越えてきたからこそ、揺るがぬ信念へと昇華しえたのである。

詩の承句に見える「玉砕」という言葉は、太平洋戦争中、無残な死に方を「壮烈な戦死」

などと美化し、戦争の惨禍をごまかすために用いられたので、どうしても軍国主義的なイメージが付きまとう。

それで、この語を用いて詩を詠んだ西郷までが、軍国主義的な人間と思われがちだが、西郷はもともと好戦的な人間ではない。戦争は無辜《むこ》の民に塗炭《とたん》の苦しみを与えるものでしかないという考えがベースにあるので、避けられるものなら戦争をせずに問題を解決しようとするのが、彼の基本的なスタイルなのである。

それは、第一次長州征伐の時に、幕府軍の参謀として自ら長州軍の敵陣に乗り込んで斡《あっ》旋《せん》・調停したことや、江戸城無血開城に骨を折ったことでも明らかである。

「玉砕」と「瓦全《がぜん》」（「甎全」に同じ）から成る「玉砕瓦全」という四字熟語がある。これは、正義や名誉のために潔く死ぬこと（玉砕）と、平凡に生き長らえること（瓦全）、という相反する語からできた熟語である。『北斉書《ほくせいしょ》』元景安《げんけいあん》伝に、

「大丈夫寧可㆓玉砕㆒、不㆑能㆓瓦全㆒」（大丈夫《だいじょうふ》寧《むし》ろ玉砕すべきも、瓦全《がぜん》する能《あた》はず）」

（立派な男児は、いっそ身は玉と砕けても、つまらない瓦として無事に生き延びようとは思わないものだ）

とあるのによる。「瓦全」のままで終わるより、「玉砕」の生き方をしようというのは、幕

末の志士たちに共通した志向で、吉田松陰が獄中で門下生のために著した遺書『留魂録《りゅうこんろく》』にも

「寧為二玉砕一勿レ為二瓦全一（寧ろ玉砕と為《な》るも、瓦全と為る勿《なか》れ）」

とある。また、西郷と親交があり、西郷が入水自殺を図ったときに現場に居合わせて助命した、元筑前《ちくぜん》藩士の平野国臣にも、

「砕けても玉《ぎょく》となる身はいさぎよし瓦《かわら》とともに世にあらんより」

という歌がある。国臣の歌は福岡の獄中で一八六二年に詠んだもので、西郷の詩（一八七一年頃の作）より前なので、国臣の歌が念頭にあったのかもしれない。

結句の「児孫の為に美田を買はず」は、西郷の全ての漢詩の中で、最も良く知られた詩句で、一種の成語にまでなっている。私が高校生の時、はじめてこの句を習い、中国の誰が作ったんだろうと思っていたら、西郷さんだったので、びっくりしたことがある。

子孫の為を思って、財産を残さないという考えは、西郷だけの特殊な考えとは言えず、他にも、『漢書』疏広《そこう》伝に、次のような記事が見える。

疏広は前漢の第九代皇帝・宣帝のとき、太子の教育係まで務めた賢臣の一人である。

彼は退官して郷里に戻ると、毎日親族や旧友を招いて宴会を催した。やがて、退職祝《しゅう》儀《ぎ》として皇帝からもらった黄金二十斤《きん》が、目に見えて減ってきた。心配した家人が、疏広の友人の口を借りて、疏広に浪費を慎むように忠告してもらった。それに対して疏広は、

「私も老齢の身であるから、自分が亡くなった後の子孫のことを気に掛けないわけではない。ただ、ご先祖様からいただいた田畑や家がちゃんとあり、それでこれまで通り十分暮らしていけるはずだ。これにさらに財産が増えれば、子孫は怠け者になってしまうだろう」

と言って、次のように付け加えた。

「賢而多レ財、則損二其志一、愚而多レ財、則益二其過一。（賢《けん》にして財《ざい》多ければ、則《すなわ》ちその志《こころざし》を損《そこな》ひ、愚《ぐ》にして財多ければ、則ちその過《あやま》ちを益《ま》す。）」

（賢明でありながら財産が多いと、その志を失い、愚かで財産が多いと、その過ちを増やすことになる。）

だから、自分のいただいた褒賞金《ほうしょうきん》は、自分の代で全部使い尽くすつもりだと友人に告げた。その話を伝え聞いた家人も、疏広の胸の内を知って納得したという。

この疏広の話は、まさしく「子や孫に美田（財産）を残さない」と宣言した西郷の詩句と趣旨が同じである。西郷が学んだ薩摩の造士館では、儒学が講義されていたので、四書（大学・中庸・論語・孟子）や、五経（詩経・書経・易経《えききょう》・春秋・礼記《らいき》）はもちろんのこと、当時の教養人の必読書であった「左国史漢《さこくしかん》」（春秋左氏伝・国語・史記・漢書）も、当然読んでいたはずだ。だから、『漢書』の疏広伝の話も知っていたはずで、処世訓の一つとして西郷に影響を与えたかもしれない。

実は、この疏広の話とよく似た話が、当の西郷自身の逸話にもある。

維新が成って、西郷が鹿児島に一時帰郷していた頃のことである。ある知人が西郷のイト夫人のもとに、川辺《かわなべ》（現在の南九州市川辺町）の一等地が売りに出ているので買わないか、という話を持ち込んだ。

その話に心を動かされた夫人が、あとで西郷にその話をした。すると西郷は、しばらく間をおいて、夫人にこうたずねた。（夫婦の会話だから、当然方言で交わされたはずで、ここからあとは、西郷の地の発言を味わっていただきたい。）

「わげん子どんのうっで《わがやのこどものうちで》、いっぱん誰《だい》がバカか。」

と聞き返した。

夫人が、変なことを言うなあと思って、だまっていると、西郷がやがて諄々《じゅんじゅん》と諭すように話をはじめた。

「ゆ《よく》、考えっみっと《みると》、よかもんを食《く》っ、よか着物《きもん》を着っ、よか家《いえ》ん住もごちゃって《みたいと》思たあ《うのは》、はいめっかい《はじめから》、間違ごちょっど《がっているぞ》。わげえ《わがやに》バカ息子《むひこ》がおったあれば《おるならば》、田んぼも買《こ》わななならん《ないとならん》。魂《たまひ》の入らん《はいっていない》子どんがおったあれば、畑も買《こ》わななならんどん《けれども》、あいがてこち《ありがたいことに》、そげな《そのような》子はおらんじ《いないので》、なんも心配すいこちゃね《することはない》。おせん《おとなに》なれば、わがてで《じぶんで》暮らしていったいが《いくのだ》。」

イト夫人は、自分の考えが至らなかったことを恥ずかしく思って、西郷にわびたという。


（西田実著『大西郷の逸話』南方新社。鹿児島弁は筆者による。）


なお、この詩は、明治四年（一八七一年）に大久保利通に宛てた手紙の中に書かれているもので、維新後に、大久保をはじめ革命の同志たちが心弛《こころゆる》み、生活が奢侈《しゃし》に流れているのを憂え、警告する意味が含まれていると思われる。

また、『西郷南洲遺訓』の中にも見え、東京の深川で催された山形・荘内藩の人たちの餞別会《せんべつ》で、旧藩主酒井忠篤や菅実秀らに、この詩を書いて示し、「若《も》し此《こ》の言に違《たが》ひなば、西郷は言行反したるとて見限られよ」と誓ったという。西郷自身、相当思い入れの深い詩だったのである。

四、遥《はる》かに雲房《うんぼう》を拝《はい》して霜剣横《そうけんよこ》たはる——大使としての節義——

清が、アヘン戦争に敗れて後、イギリスをはじめとする西欧列強の半植民地と化したのを見て、攘夷思想を掲げる幕末の志士たちの間では、朝鮮や満州と手を結んで、列強の進出から極東アジアを守ろうとする考え方が広がっていた。

そういった思想を背景として成立した維新政府は、朝鮮に対して王政復古を通達するとともに、徳川幕府に代わる新たな通交関係を求めた。当時朝鮮では大院君の指導のもとで鎖国政策を取っており、明治政府の申し出は通交にかこつけて侵略をもくろむものだとして拒否してきた。

いっぽう日本国内の事情として、旧武士階級の処遇に頭を悩ませていた新政府は、彼らの不平不満を外に向けさせ、人心をひとつにして富国強兵を目指そうとする征韓論が力を得るようになった。

こうした情勢を受けて、政府の主力メンバーが欧米視察に出かけている間の政治を託されていた留守政府のメンバー（西郷隆盛、板垣退助、江藤新平、副島種臣《そえじまたねおみ》）は、朝鮮との外交問題を打開するために、西郷の朝鮮派遣を決定した。次の詩は、そのときの心境を詠んだものである。

蒙下使二於朝鮮国一之命上

酷吏去来秋気清
鶏林城畔逐レ涼行
須レ比蘇武歳寒操
応レ擬真卿身後名
欲レ告不レ言遺子訓
雖レ離難レ忘旧朋盟
胡天紅葉凋零日

朝鮮国《ちょうせんこく》に使《つかい》するの命《めい》を蒙《こうむ》る

酷吏去来《こくりきょらい》して秋気清《しゅうききよ》し
鶏林《けいりん》の城畔涼《じょうはんりょう》を逐《お》ひて行《ゆ》く
須《すべか》らく比《ひ》すべし**蘇武歳寒《そぶさいかん》の操《みさお》**
応《まさ》に擬《ぎ》すべし**真卿身後《しんけいしんご》の名《な》**
告《つ》げんと欲《ほっ》して言《い》はず遺子《いし》への訓《おしえ》
離《はな》ると雖《いえど》も忘《わす》れ難《がた》し旧朋《きゅうほう》の盟《ちかい》
胡天《こてん》の紅葉凋零《こうようちょうれい》の日《ひ》

遥拝二雲房一霜剣横

遥《はる》かに雲房《うんぼう》を拝《はい》して霜剣横《そうけんよこ》たはる

猛暑が過ぎ去って、秋の空気が清々《すがすが》しい
このたび、朝鮮国の京城まで、涼を追いかけて行くことになった
昔、匈奴《きようど》に使いして、漢への忠節を曲げなかった蘇武の堅い節操や
死んで後に名を残した唐の顔真卿の忠義心を、自分も見習いたい
遺していく子どもたちへ教訓を垂れておこうと思ったが、もはや言うまい
このまま離れていくとしても、旧友との誓いを忘れることはない
異国朝鮮の空のもと、紅葉がしぼみ落ちる頃、自分は死ぬことになろうが
はるか彼方から祖国の宮城に向かって拝礼し、白く輝く剣が私の傍らに置かれる
ことだろう

○酷吏…むごい役人の意だが、ここでは酷暑のたとえ。○去来…去る。「来」は語調を整えるための添え字で、「来る」の意味はない。○鶏林…唐の行政府が新羅《しらぎ》に置かれたときの呼称。後に、朝鮮全域を指す言葉となった。○城畔…京城のほとり。○蘇武…漢代の人。

○歳寒操…堅い節操。第一章の二（↓11ページ）を参照。○真卿…唐の顔真卿のこと。第三章の一の詩「偶成」の中に既出（↓66ページ）。○身後名…死後の名声。○胡…中国西北部の異民族の総称だが、ここでは朝鮮のこと。○凋零…木の葉が枯れてしぼみ、落ちること。西郷が自分の「死」を暗示した表現。○雲房…雲の立ち込める高い場所にある仙人の住まいをいうが、ここでは天皇のいる宮城のたとえ。○霜…白く輝くものの喩え。

やっと念願の朝鮮派遣が決まり、心はすでに京城の空に飛んでいるようすが句にあふれている。

そもそも、征韓論は、わが国の王政復古を通告する文書の受け取りを、大院君主導の朝鮮政府が拒否した明治二年（一八六九年）ごろから、すでにくすぶっていたが、一気に表面化する出来事が、明治六年の五月、朝鮮の釜山《ふざん》で起こった。

朝鮮側の外交窓口機関である釜山の東莱府《トンネ》が、日本の出先機関である草梁《そうりょう》公館の門前に、ある文書を張り出した。その文書には、「近く彼《か》の人（日本の密貿易商人）の為《な》す所を見るに、無法の国と謂《い》うべし、亦之《またこれ》を以て羞《はじ》と為さず」（原文は漢文）と、日本を侮辱するようなことが書かれていた。

これに対して、留守政府内の板垣退助ら強硬派を中心に、軍隊を帯同した使節を派遣して、軍事力を背景に朝鮮政府と談判すべきだという意見が急速に高まった。

しかし、西郷は、いきなり軍隊を派遣するのは「名分」が立たないとして、まずは使節を立て、朝鮮を説得する形をとるべきだと主張した。西郷も戦争を否定していたわけではなく、説得→決裂→征討という手順を踏むべきだと考えたのである。

そして、朝鮮が日本との通交を拒否している現下の状況で、公然と使節を差し向けたら、暴殺される恐れがあるから、自分がその危険な大使を引き受けようというのである。

そのとき、西郷の脳裏に浮んできたのが、中国の漢代の蘇武と、唐代の顔真卿の二人の人物である。彼らは皇帝の命を受けて大使として派遣された相手国(相手側)に捕らえられ、家来になるように迫られたが、最後まで節操を曲げなかった点で共通している。

今回の遣韓大使という大役を仰せつかるに当たって、彼らにあやかりたいという思いもあったのだろう、詩の中で二人の忠節ぶりをうたっている。

蘇武について述べよう。『漢書』蘇武伝によれば、漢の武帝のとき、蘇武は北方の匈奴に使節団の長として派遣された。役目を終えて帰ろうとする頃、以前、匈奴に投降した漢の武将たちの間で内紛が起こり、匈奴が軍を出してこの内紛を鎮圧した。蘇武の与《あずか》り知らないことではあったが、彼にも嫌疑が及び、尋問を受けた蘇武は自殺を図るが、完遂できなかった。

単于《ぜんう》（匈奴の王）は、無実ながら辱めを嫌って死のうとした蘇武の気骨が気に入り、なんとか自分の部下にしようと思って、降参するまで穴蔵に閉じ込めておいた。しかし、蘇武は積もった雪を毛氈《もうせん》の毛と一緒に飲み込んで、飢えを凌《しの》いだ。

西郷は、この場面を詩の中で次のように詠んでいる。

冬夜読レ書

風鋒推レ戸凍身酸
兀坐披レ書雪裡看
蘇武穽中甘レ苦処
慨然読了寸心寒

冬夜《とうや》書《しょ》を読《よ》む

風鋒《ふうほう》戸《と》を推《お》して凍身酸《とうしんさん》たり
兀坐《こつざ》して書《しょ》を披《ひら》きて雪裡《せつり》に看《み》る
蘇武《そぶ》の穽中《せいちゅう》苦《く》に甘《あま》んずる処《ところ》
慨然《がいぜん》として読了《どくりょう》すれば寸心寒《すんしんさむ》し

寒風の矛先が板戸を推して入り込み、身体は凍えてひどく辛い雪に埋もれた家の中で、じっと座って書物を開いて読む蘇武が極寒の穴蔵の中で、苦労に耐えて生きるくだりを胸のふさがる思いで読み終えると、心まで寒々としてきたことだ

○風鋒…「鋒」は矛先《ほこさき》のことで、「風鋒」は風の先端のこと。○酸…つらい。○兀…動かないさま。○穽…穴蔵《あなぐら》。○慨然…憂え悲しむさま。○寸心…一寸四方の心。

雪と毛で飢えを凌いで、どんなことをしてでも生き抜こうとする蘇武の強靱な精神力に、さすがの西郷も驚かされたに違いない。

詩の内容から考えて、幽閉されていた沖永良部での作かと思われるが、「雪裡」という言葉が出てくるので、南方での作を疑問視する向きもある。ただ、西郷は、明らかに沖永良部での作品だとわかる詩でも、冬の寒さを強調するために、「雪」という語を象徴的に使っている例があるので、南島での作品説を否定し去ることもできない。

さて、単于は、蘇武が数日経っても死なないので、ただ人ではないと思って殺すのをやめ、北海（バイカル湖）のほとりに追放して雄羊を飼わせ、雄羊が子を産んだら漢に帰ら

せてやろうと言った（そういう奇蹟は起りえないので、永久に帰さないと言ったのである）。
しばらくして、漢の朝廷で同僚だった李陵《りりょう》が、北海の蘇武を訪ねてきた。李陵は、蘇武が使者として遣わされた翌年、漢軍を率いて匈奴を攻めたが、戦いに敗れて匈奴の軍門に下ったのである。

李陵の訪問は、単于の意を受けてのものだった。蘇武が漢を出国してから一年の間に、蘇武の兄と弟が職務上の落ち度で自害したこと、母上が亡くなられたこと、また、風聞によると細君も再婚したとのことなどの情報を伝え、今さら漢の武帝に忠義立てする必要はないと諭《さと》した。そのときの李陵の次のような名言が今に伝わっている。

「人生如二朝露一、何久自苦如レ此。（人生は朝露《あさつゆ》のごとし、何ぞ久しく自ら苦しむこと此《か》くの如き。）」

（人生は、日が出ると乾いてしまう朝露のように短くはかないものだ。どうして長い間、このように自分から苦しんでおられるのか。）

この言葉は、人生がはかないものであることを意味する「人生朝露《じんせいちょうろ》」という四字熟語の典拠になっている。

蘇武が李陵の説得を受け入れるはずもなく、李陵は牛羊数十頭を蘇武に贈って、寂しく帰って行った。中島敦は、『漢書』の記述をもとに、名作『李陵』を書いたが、そこには二人の対面しているときの心理が鋭く描き出されている。

その後、漢では武帝が死に、昭帝が即位した。それを機に両国間の和平ムードが高まり、漢から使者が訪れた。昔、蘇武に漢から随行して来て長らく抑留されていた常恵《じょうけい》は、漢の使者に会って、蘇武が健在であることを告げた。そして、蘇武はすでに死んだと言う単于の嘘を暴き、蘇武を救出するために、漢の使者の口を借りて、単于に次のように言わせた。

「漢の天子が上林苑《じょうりんえん》で狩りをなさり、雁《かり》を射落としたところ、雁の足に絹の手紙が結びつけてありました。そこには蘇武が沢のなかにいると書いてありましたぞ。」

単于は、この言葉を真に受けて、蘇武の存在はもう隠しおおせないと諦めて、漢の側に引き渡すことにした。こうして蘇武は十九年ぶりに祖国に帰ることができた。

なお、手紙のことを意味する「雁書《がんしょ》」「雁信」「雁帛《はく》」「雁糸」という成語があるが、これらはすべて、この故事から生まれた語である。

忠節を貫いたもう一人の人物、顔真卿については、第三章の一で触れたので、ここでは割愛する。

第五句の「遺子訓（遺子の訓）」について述べよう。明治の頃、「遺子訓」といえば、わが国の南北朝時代に南朝の後醍醐天皇に仕えた楠木正成が、足利尊氏との湊川《みなとがわ》の合戦を前に、息子の正行《まさつら》に言い遺した教訓のことであった。

『太平記』巻十六、「正成兵庫に下向の事」の段によれば、一三三六年、九州から都へ攻め上ってくる数十万の足利尊氏軍を迎え撃つため、楠木正成は五百余騎を率いて兵庫へ赴くことになった。十一歳の息子正行も同行していたが、合戦で死を覚悟していた正成は、桜井の駅（現在の大阪府三島郡）まで来ると、正行に故郷の河内《かわち》に帰るように言いつけた。

最後まで父に同行したいと懇願する正行に、父の正成は、お前を帰すのは、後々のことを考えてのことで、身命《しんみょう》を惜しみ、忠義の心を守って、いつの日か必ず朝敵を倒すように諭したという。

これを「桜井の別れ」といい、戦前までは、国語・修身・国史などの教科書には必ず出てくる逸話であった。

西郷の詩中の「遺子訓」は、この正成の故事を念頭に置いており、自分はこれから決死の覚悟で朝鮮に大使として赴くので、楠木正成にならって息子に教訓を遺したいと思ったが、いまはやめておこう、というのである。

西郷は、生涯に三度結婚し、四人の息子がいる。長子は、流謫《るたく》地の奄美大島の島妻愛加那との間にもうけた菊次郎で、八歳の時に鹿児島の西郷家に引き取られている。あとの三人は、正妻イトとの間にできた子で、上から、寅太郎、午次郎、酉三という。

この詩が詠まれた明治六年（一八七三年）の時点の年齢は、菊次郎十二歳、寅太郎七歳、午次郎三歳、酉三は、この年の十月に生まれている。教訓を遺すとしたら、楠木正行の年齢に近い庶子の菊次郎か、嫡子の寅太郎あたりになろうか。

第六句の「旧朋盟（旧朋の盟）」は、何を指してこう言っているのか、よくわからないが、頸聯《けいれん》（第五句と第六句）は対句になるように詠む決まりなので、「遺子訓」と意味的に対応するような語句を単に置いただけのことかもしれない。強いて言えば、西郷を大使に決めた留守政府の閣僚たちとの、遣韓問題に関する取り決めのことか。

最終句「遥拝雲房霜剣横（遥かに雲房を拝して霜剣横たはる）」は、読み手によっていろいろ解釈が分かれる句である。とりあえず、西郷が自分の死と引き換えに、遣韓大使としての任務を完遂した心境を詠んだもの、という一つの見方を示すだけにとどめておこう。

以上見てきたように、遣韓大使としての決定を受けて詠まれたこの詩には、徳川幕府を倒して樹立した天皇中心の新しい国家に対して、最後の忠節を尽くそうという、西郷の並々ならぬ決意がみなぎっている。

五、後世《こうせい》必《かなら》ず清《せい》を知《し》らん――秦檜《しんかい》と岳飛《がくひ》――

西郷が遣韓大使に決まって、いかに喜んだか、次の板垣への書簡を見ても、その喜びようが分かる。

昨日は参上仕《つかまつ》り候《そうろう》処《ところ》、御他出《ごたしゅつ》にて御礼も申し上げず、実に先生の御陰《おかげ》を以て快然たる心持ち始めて生じ申し候。病気も頓《とみ》に平癒《へいゆ》、条公の御殿より先生の御宅迄《おたくまで》飛んで参り候仕合《しあ》い、足も軽く覚え申し候。もふは横棒の憂いもこれある間敷《まじく》、生涯の愉快此《こ》の事に御座《ござ》候《そうろう》。

○先生…板垣のこと。○病気…この頃、象皮症（皮膚や皮下組織の一部が硬化したり増殖したりする病気）と肥満症に苦しんでいた。○条公…三条実美公。○もふは…もはや。○横棒…妨害。

「生涯の愉快」とは少々オーバーだが、病気持ちの彼にとって長寿は望むべくもなく、この遣韓大使が生涯最後のご奉公と思っていたことは、まず間違いない。ところが、決定の二か月後に、大どんでん返しが待ち受けていた。

明治六年（一八七三年）九月までに、欧米視察のために外遊していた政府要人が全員帰国してきた。やがて、留守政府組と外遊視察組が一堂に会した閣議が開かれ、遣韓問題が話し合われた。留守政府組の閣僚は、派遣についてはおおむね賛成、外遊視察組は反対である。

欧米を視察した岩倉具視、大久保利通らは、先進国に追いつき、追い越すためには、内治の安定と民間産業の育成が不可欠だと考えていた。そして、朝鮮への大使派遣は、不首尾に終われば戦争につながる恐れがあり、そうなれば国力の増強など望めなくなる、という考えだった。

内閣の論議は紛糾し、結論も二転三転したが、結局は、大久保の理路整然とした論説と、岩倉の強力なリーダーシップによって、朝鮮への大使派遣は中止となった。

西郷はただちに、参議、近衛都督《このえととく》、陸軍大将のすべてを辞職し、鹿児島に帰った（陸軍大将の辞職は認められなかった）。次の詩は、その頃詠んだものである。

辞レ闕

独不レ適二時情一
豈聴二歓笑声一
雪レ羞論二戦略一
忘レ義唱二和平一
秦檜多二遺類一
武公難二再生一
正邪今那定
後世必知レ清

闕《けつ》を辞《じ》す

独《ひと》り時情《じじょう》に適《てき》せず
豈《あ》に歓笑《かんしょう》の声《こえ》を聴《き》かんや
羞《はじ》を雪《そそ》がんとして戦略《せんりゃく》を論《ろん》ずれば
義《ぎ》を忘《わす》れて和平《わへい》を唱《とな》ふ
秦檜《しんかい》遺類《いるい》多《おお》く
武公《ぶこう》再生《さいせい》し難《がた》し
正邪《せいじゃ》今《いま》那《なん》ぞ定《さだ》まらん
後世《こうせい》必《かなら》ず清《せい》を知《し》らん

遺韓問題についての議論では、私だけが大勢に合わず孤立してしまった
この件に反対の諸君の談笑する声を、どうして聞いておられようか
わが国の受けた恥辱を雪ごうと思って、私が戦略を論じると
反対派の諸君は道義を忘れて、いたずらに和平を唱える

南宋の秦檜の残党みたいな和平論者がたくさんいるものだから
道義を重んじた岳飛のような愛国者の出る幕は、もはやないのだろう
だが、どちらの見解が正しいか、今の時点でどうして決められよう
後世、必ずや私の主張の正しかったことが明らかになるだろう

○闕…宮城。朝廷。○秦檜…南宋の宰相で和親派。○遺類…生き残り。残党。○武公…南宋の抗戦派の武将・岳飛のこと。

第一句に、閣議で孤立してしまったとあるが、これは表現上のあやで、実際は、板垣退助、後藤象二郎、江藤新平、副島種臣たちも西郷の意見に賛成しており、西郷の朝鮮派遣の延期が決まると、皆、辞表を提出している。

西郷の主張に反対したのは、参議の大久保利通、木戸孝允《きどたかよし》、大隈重信、大木喬任《おおきたかとう》、それに右大臣の岩倉具視である。第二句の「歓笑」とは、彼らの談笑のことで、主張が通らなかった西郷としては、それが気に障ったのである。

第三句の、わが国の受けた恥辱とは、前の四のところで述べたように、釜山の東莱府が、

日本を侮辱するような公文書を、草梁公館の門前に張り出したことを指している。

第四句の「義」とは、ここでは、朝鮮から受けた恥辱をそそいで、「無法の国」との汚名を晴らすこと、と考えてよい。

頸聯に出てくる秦檜と岳飛は、中国の南宋の人である。以下、二人について説明しよう。

十二世紀の中国では、女真族が華北に侵入して宋を滅ぼし、金を建国した。宋の末裔《まつえい》は南方に逃げて、金陵（今の南京）を都とする南宋を興し、金と対峙《たいじ》したが、劣勢は否めなかった。そういう時に救世主の如く現れたのが岳飛である。

金軍は「万に満つれば、敵すべからず（一万人もいたら、向かうところ敵なし）」といわれるほど強かったが、岳飛の率いた私兵軍団の強さは、それをもはるかに凌駕《りょうが》し、金軍と戦って六戦無敗の快進撃を遂げる勢いで、金軍が「山を揺るがすは易《やす》く、岳家軍を揺るがすは難《かた》し」と嘆いたほどであった。

強さだけでなく軍紀も厳正で、官軍でも普通に行っていた略奪を、岳家軍はまったく行わなかったので、民衆の圧倒的支持を得て、大軍閥に成長していった。

一方、秦檜は、北宋時代からの重臣で、靖康《せいこう》の変（皇帝が北方の金の都に連れ去られた事件）のとき、彼もその事件に巻き込まれたが、機を見て脱出した。

その後、南宋の高宗のもとに馳せ参じ、政権の中枢を担うようになる。秦檜は宰相の地位に就くと、戦争嫌いの高宗の意を受けて、金との和親策を推し進め、主戦派の岳飛と鋭く対立した。

やがて軍閥間の対立を利用して岳飛から実権を奪い、謀反を口実に岳飛を捕らえて投獄した。岳飛は過酷な拷問を受けたが、必死に耐え、無実の罪を認めることはなかった。ところが、最後は秦檜の謀略によって、とうとう罪もないまま処刑されてしまった。

死後、岳飛の無実は晴らされ、杭州の西湖のほとりに岳飛廟が建立され、人々の崇敬の対象になっている。それとは反対に、秦檜は、死後、売国奴の烙印を押され、岳飛廟では、鎖につながれた彼の鉄像が置かれて、訪れた人々から唾を吐きかけられたという（現在は唾棄行為は禁止されているらしい）。

ところで、岳飛のことを調べていて、西郷との共通点が多いことに気づいた。まず、どちらも極貧の中で育っている。岳飛は農民出身で、幼い頃父を亡くしたので、母との貧しい暮らしを余儀なくされた。西郷は武士の身分ではあったが、家は貧しく、冬の夜は一枚しかない布団に兄弟姉妹が四方から足を差し込んで寝たという。

次に、二人ともたくましい体軀《たいく》をしていて、容貌も人に優れていた。だからカリスマ性があり、人々を自然に寄せ付ける魅力があった。西南戦争に豊後（大分）の中津隊の隊長として参加していた増田宋太郎《ますだそうたろう》は、和田峠の戦いで西郷軍が破れ、解散命令が出たあとも中津に戻らず、最後まで西郷に従ったが、他の中津隊のメンバーに解散後も残る心境を語った次の言葉は、今も語り継がれている。

「吾、此処《ここ》に来り、始めて親しく西郷先生に接することを得たり。一日先生に接すれば一日の愛生ず。三日先生に接すれば三日の愛生ず。親愛日に加はり、去るべくもあらず。今は、善も悪も死生を共にせんのみ。」

ほかにも、岳飛と西郷との共通点として、学問があり書家としても一流であったこと、孝行と忠義心にあふれ、智略に富んでいたこと、一度は賊臣という汚名を帯びたが、やがて名誉回復が図られ、後世の人々から英雄として尊崇の的になっていることなど、こうも似ているものかと驚くほどである。西郷自身も、きっと岳飛はお気に入りの人物だったに違いない。

さて、詩の説明に戻ろう。尾聯《びれん》で西郷は、遣韓論の主張の正しさは、きっと歴史が証明してくれるに違いないと詠んでいるわけだが、残念ながらその後の日本の歴史を見てみると、皮肉にも、遣韓不可（朝鮮への大使派遣はよろしくない）を説いた大久保のほうが、正しかったことが証明されているように思われる。

大久保は、洋行によって見聞を広め、日本の前途に対する確たるビジョンを胸に描いて帰国し、遣韓派に対して条理を尽くしてその誤りを指摘することができた。

しかしながら、西郷の場合は、その頃ちょうど、肥満症の治療のために下剤を常用していて体調が最悪で、フィラリア症からくる象皮症にも苦しんでおり、自分の「死に場所」を求めていたのかもしれない。そうでなければ、幕末期でさえ民に塗炭の苦しみを与える戦争をできるだけ回避してきた西郷が、戦争につながる恐れが十分にある大使派遣に、あれだけこだわった理由が分からない。

井上清氏は、その著『西郷隆盛㊦』の中で、

「西郷がかつて慶応三年（一八六七年）六月武力討幕を決意してから、翌年三月江戸城にせまるまでの、あの確信、あの決断、あの俊敏《しゅんびん》果敢《かかん》な行動力と、今回とを比べてみると、西郷老いたりの感が深い。西郷は明らかに歴史に完全に追い越された。彼は大久保に敗れたというよりも歴史に敗れたのである。」

と指摘しているが、的を射た発言として首肯せざるをえない。

第六章　隠遁生活

西郷が遺韓論に敗れて辞職すると、日ごろ西郷の威徳を敬慕《けいぼ》していた陸軍少将桐野利秋《きりのとしあき》や近衛局長官篠原国幹《しのはらくにもと》をはじめ、薩摩出身の軍の幹部将校たち、さらには下士官養成機関である教導団の生徒たちまで辞めてしまい、その数六百以上に及んだ。

西郷は、東京を引き払うときに、大久保にだけは挨拶して帰ったという。たまたまその場に居合わせた伊藤博文の、その時の後日談がある。

西郷が、後はよろしく頼むというと、大久保は、俺が知るもんか、と答えた。両雄ともに、元来、口数の少ない人だから、その趣意をつかむのは難しいが、けだし西郷の真意としては、天下のことは、貴公がいるのだからしっかりやってくれ、という善意の懇望であったろう。しかし、大久保の腹では、この国家危急の際、自分はさっさと国へ帰って行って、後を自分一人に引き受けさせるのは無理だ。駄々をこねずに、一緒にやってもらいたい、というような、遠慮のない親友間のスネ言葉であったであろう。

（『大西郷の逸話』）

伊藤が傍らで聞いていた、このそっけない二人のやり取りが、徳川幕府を倒し明治維新をともに成し遂げた両雄の、最後の会話になってしまったのである。

一、満耳《まんじ》の清風《せいふう》身僊《みせん》ならんと欲《ほっ》す——郷里に隠遁——

鹿児島に帰り着いたのは、明治六年（一八七三年）十一月のことで、新政府に請われて、明治四年一月、東京に向けて鹿児島を出発してから、ほぼ三年の月日が経っていた。喧騒《けんそう》きわまりない都会生活におさらばして、田舎のわが家での自由気ままな暮らしを手に入れたときの心境を、次のように詠んでいる。

偶成

我家松籟洗㆓塵縁㆒
満耳清風身欲㆑僊
謬作㆓京華名利客㆒
斯声不㆑聞已三年

偶成《ぐうせい》

我《わ》が家《や》の松籟《しょうらい》塵縁《じんえん》を洗《あら》い
満耳《まんじ》の清風《せいふう》身《み》僊《せん》ならんと欲《ほっ》す
謬《あやま》って京華《けいか》名利《めいり》の客《かく》と作《な》り
斯《こ》の声《こえ》聞《き》かざること已《すで》に三年《さんねん》

わが家の松にざわめく風の音は、世間の煩雑《はんざつ》な人間関係を洗い流し
耳いっぱいに吹いてくる清風に、この身は仙人になったようだ
はばかりながら花の都で名声と利益を追い求める旅人となり
この松風の音を耳にしないことが三年の長きにわたっていた

○籟…笛。笛のひびき。 ○謬…謙遜語で、はばかりながら。身の程もわきまえず。

西郷が住居を構えていた武《たけ》屋敷跡は、現在、公園になっていて、鹿児島中央駅の西口か

ら歩いて二、三分のところにある。新幹線の線路が北側を走っており、すっかり都会になってしまっているが、西に武岡台が迫り、東の少し離れたところを甲突川《こうつき》が流れているので、昔は、松などの樹木に囲まれた、のんびりしたところだったに違いない。

三年ぶりに、この武村でゆっくり過ごせることになった西郷は、ある日は農夫として畑を耕し、ある日は猟師として愛犬を伴って山に入り、またある日は甲突川に魚釣りに出かけるという、気ままな隠遁生活に入った。その一コマを、息子の寅太郎がこう記している。

「父は川狩りが好きであった。

水の清い甲突川には鮎《あゆ》が沢山いたので、期節々々《きせつきせつ》には、能《よ》く鮎狩りに行ったが、その時には自分は始終お伴を命ぜられた。いや、父の後からついて行ったのである。

川狩りをする時の父の服装は、まるで漁夫そっくりであった。筒っぽうのきものを着て、それを尻端折って、川瀬々々を伝いながら投網《とあみ》を打つのであるが、自分は小さなビクを腰につるして、獲物の取集《とりあつめ》の方を承っていた。」（『大西郷秘史』）

この頃、寅太郎は八歳であったろうか。寡黙な西郷が、菅笠《すげがさ》をかぶり幼い息子を従えて、漁師然として川瀬を伝っていく姿を想像すれば、なんとも微笑《ほほえ》ましい。

なお、今回、取材を兼ねて南洲神社を訪れてみると、社務所の前にこの詩が掲げてあった。西郷の数ある漢詩の中でも、代表的なものと目してのことだろう。

二、陶靖節《とうせいせつ》の彭沢官余《ほうたくかんよ》の心《こころ》——帰りなん、いざ——

陶淵明《とうえんめい》の「帰去来《ききょらい》の辞《じ》」を御存じの方も多いと思う。次の二句を冒頭に冠する、全六十句の辞（「辞」とは表現形式の名称）である。

「帰去来兮、田園将蕪胡不帰。（帰去来兮《かえりなんいざ》、田園将《まさ》に蕪《あ》れなんとす　胡《なん》ぞ帰らざる。

（さあ、帰ろう。故郷の田園が今にも荒廃しようとしている。どうして帰らずにいられようか。）

〔「かへりなんいざ」という読み方は、平安時代の菅原道真がこう読んで以来、不動のものとなっている。〕）」

この辞の序文で、淵明は、官をやめて故郷に隠遁することにした理由を、次のように述べている。

我が家は貧しく、子どもたちもたくさんいたので、叔父のすすめで彭沢《ほうたく》という小県の県令になった。

ところが、わたしの本性は自然率直で、本性を曲げてまで励む役人向きの習性になじんでいなかったので、何ほどもたたぬうちに、官を辞して帰りたい気持ちがわいてきた。そんなわけで心中おもしろくなく、平生の志に違《たが》ったことを心底《しんそこ》愧《は》じていた。そこで、翌年の秋の収穫がすんだら、夜陰に紛れて逃げ帰るつもりであった。

そんな折、よそに嫁いでいた妹が亡くなったので、急いで葬式に駆けつけることを口実に、即刻、一方的に辞職した。およそ任にあること八十余日であった。

はからずも、この淵明と同じ運命をたどることになった西郷は、自分の身を一輪の黄菊に託して、次のような詩を詠んでいる。

題㆓残菊㆒　　残菊《ざんぎく》に題《だい》す

老圃残㆓黄菊㆒　　老圃《ろうほ》黄菊《こうぎく》を残《のこ》し

風霜独不レ禁
匹如陶靖節
彭沢宦余心

風霜《ふうそう》独《ひと》り禁《きん》ぜず
匹如《ひつじょ》す陶靖節《とうせいせつ》の
彭沢宦余《ほうたくかんよ》の心《こころ》に

古びた畑に黄菊がまだ咲き残っており
風も霜も、この黄菊にだけは手出しができなかったようだ
その孤高な姿は、陶淵明の
彭沢の県令の職を辞した後の心を表しているかのようだ

○匹如…似ている。○陶靖節…陶淵明のこと。東晋末から南朝宋の人。○宦余…「宦」は、「官」と同義。「余」は、「後」の意。役人をやめた後。

辺りの秋花が散ってしまった後に、一輪の黄菊が、風霜に耐えてまだ咲いている。西郷はこれを、官職を辞して隠遁した淵明の清廉な心に見立てているが、もちろん西郷自身の心の象徴でもある。西郷が自分をよく菊に擬すのは、西郷家の紋所が菊であることにもよ

るだろう。

風霜とは、次々と襲ってくる人生上の艱難辛苦のことであるが、そういった幾多の試練にもめげず、いまなお自分の本性を見失わずに、信念や節操を守り通している己の孤高な姿を、西郷は、すっくと立っている一本の菊の花に見て取ったのである。

これまで見てきた詩の中にも、たとえば、季節が寒くなっても葉が緑色のまま散らずに残っている「歳寒の操」の松（第一章の二）や、雪に耐えて麗しく咲く梅花（第四章の四）などと同じく、この風霜に耐える黄菊もまた、幾たびか辛酸を歴てはじめて堅固になった西郷の志（第五章の三）そのものなのである。

「靖節」は陶淵明の諡《おくりな》（死後、生前の徳を偲んでつけられる名）で、字義的には、「靖」は清美なこと、「節」は節操のことをいう。

なお、「淵明」は字《あざな》（成人後に人から呼ばれる名）で、「元亮《げんりょう》」も字で使われることがあった。名は「潜《せん》」といい、自伝的作品に「五柳《ごりゅう》先生伝」があることから、「五柳先生」と呼ばれることもある。

この詩は、残菊の画幅に書き付けた賛詩（画をほめ称える詩）である。西郷は、同じ薩摩藩士の児玉源之丞《こだまげんのじょう》（号は天雨《てんう》）が主催する詩会に出て、詩の添削を受けていた。ある日の詩会の兼題《けんだい》（前もって知らせておく題）は「菊」であったが、都合で出席できず、欠席通知に、この詩と数枝の菊花を添えて贈ったという。なかなかの風流心がうかがえる。

三、重陽《ちょうよう》相対《あいたい》して南山《なんざん》を憶《おも》ふ——悠悠自適——

陶淵明は、故郷の潯陽《しんよう》（現在の江西省九江《きゅうこう》市）の柴桑《さいそう》という田舎に隠遁してからは、自ら農作業に従事しつつ、自然と酒を愛し、日常生活に即した詩文を作った。その作品の傾向から、後世、「隠逸《いんいつ》詩人」とか、「田園詩人」とか呼ばれている。

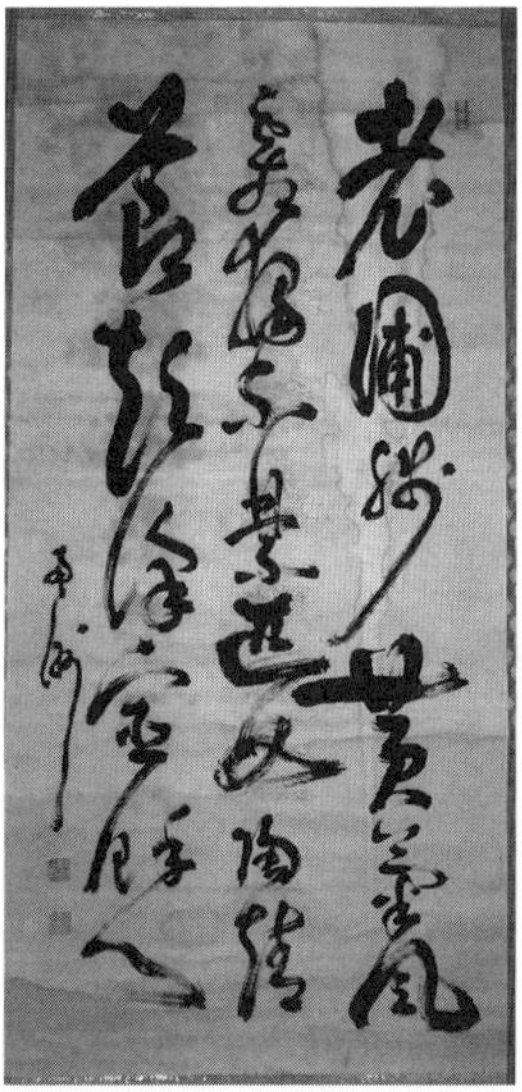
西郷隆盛書「題残菊」（橋本秀孝氏所蔵）

幕末の志士たちによく読まれた『靖献遺言』の中に淵明の伝記があり、また『文選』にも彼の詩文が採られているので、西郷は、淵明の人となりや作品は熟知していただろう。自分と似た彼の考え方や境遇には、少なからぬ共感を覚えていたと思われる。

次の詩は、よく知られた淵明の「飲酒」と題する詩を念頭に置いて詠んだものである。

閑㆓居重陽㆒

書窓蕭寂水雲間
兀㆓坐秋光㆒野興閑
独有㆘黄花供㆗幽賞㆖
重陽相対憶㆓南山㆒

重陽《ちょうよう》に閑居《かんきょ》す

書窓《しょそう》蕭寂《しょうせき》たり水雲《すいうん》の間《かん》
秋光《しゅうこう》に兀坐《こつざ》すれば野興《やきょう》閑《かん》なり
独《ひと》り黄花《こうか》の幽賞《ゆうしょう》に供《きょう》する有《あ》り
重陽《ちょうよう》相対《あいたい》して**南山《なんざん》を憶《おも》ふ**

書斎の窓から見えるものは、川と雲の間にひらけた、ものさびしい自然の光景
秋の日差しの中でじっと座っていると、ひなびた趣に心も長閑《のどか》な気分になる
心静かに景色を味わっている私の目線の先には、ただ黄菊の姿だけがある
重陽の節句の今日、その黄菊を見ていると、陶淵明の詠んだ「南山」のことが思われてくる

○重陽…陰暦九月九日の菊の節句。中国ではこの日、小高い丘に登り、茱萸《ぐみ》の実の枝を頭に挿し、菊花を浮かべた酒を飲んで、邪気を払う風習がある。○閑居…心静かに暮らす。○蕭寂…ものさびしいさま。○兀坐…じっと動かずに座っている。○黄花…ここでは黄菊のこと。○幽賞…心静かに味わう。○南山…陶淵明の「飲酒」詩中の「南山」(廬山)を踏まえたもの。

ある秋の一日を詠んだ叙景詩である。先ほどの詩と同じように、野にひっそりと咲く菊花に、隠棲している自分の姿を託し、遠い地の、はるか昔の淵明に思いを馳せている。

西郷の作になる漢詩は一九〇余首あるが、秋を主題とするものが最も多く、三十一首ある。ちなみに春が二十六首、夏と冬が、それぞれ八首と続く。

南国鹿児島は夏が暑いので、それだけ秋に親しむ気持ちが強いということだろうか。もし西郷が北国の人だったら、春の詩がもっと多かったかもしれない。

最初に触れたように、この詩は、淵明の「飲酒」と題する全二十首中の其五(五番目の詩)を念頭に置いたもので、それは次のような詩である。

結レ廬在二人境一
而無二車馬喧一
君問何能爾
心遠地自偏
採レ菊東籬下
悠然見二南山一
山気日夕佳
飛鳥相与還
此中有二真意一
欲レ弁已忘レ言

廬《いおり》を結《むす》んで人境《じんきょう》に在《あ》り
而《しか》も車馬《しゃば》の喧《かまびす》しき無《な》し
君《きみ》に問《と》ふ何《なん》ぞ能《よ》く爾《しか》ると
心《こころ》遠《とお》く地《ち》自《おのずか》ら偏《へん》なり
菊《きく》を採《と》る東籬《とうり》の下《もと》
悠然《ゆうぜん》として**南山《なんざん》を見《み》る**
山気《さんき》日夕《にっせき》に佳《よ》し
飛鳥《ひちょう》相与《あいとも》に還《かえ》る
此《こ》の中《うち》に真意《しんい》有《あ》り
弁《べん》ぜんと欲《ほっ》して已《すで》に言《げん》を忘《わす》る

粗末な家を構えて、人里に住んでいる
それなのに訪問客の乗り物の騒がしさがない
どうしてそんなことがありうるのかと、お尋ねか
心が世間から遠のくと、住んでいる地も自然と辺地になるのだ

東側の垣根のもとに咲いている菊の花を手折りつつ
ふと頭をもたげると、南方はるかに廬山の悠然とした姿が目に映る
山の気配は、夕方がとくにすばらしく
鳥たちが連れ立ってねぐらに帰っていく
この自然のなかにこそ、この世の真実があるのだろう
それを明らかにしようと思うが、もはや言葉など忘れてしまった

○車馬…車と馬。乗り物。○君…ここでは作者自身を指す。○弁…明らかにする。

高校の教科書にも登場する有名な詩である。遠い昔の異国の詩人の詩ではあるが、この詩に詠まれたものは、まさに都から遠く離れた鹿児島の地に隠棲している西郷の心境、およびその住居から眺めた情景そのものと言ってもいいかもしれない。南山が桜島に置き換わるだけのことだ。だから西郷は、この詩に触発されて、さきの詩を詠んだのだろう。

「飲酒」という詩の題からもわかるように、淵明は酒をこよなく愛した詩人である。『五柳先生伝』に「性、酒を嗜《たしな》む」とあるのは、酒好きを自ら告白したものである。一説には、

陶淵明集に収められている全詩文のうち、四割強に当たる五十六篇は酒について触れているという。淵明は、酔いが回れば無弦の琴を取り出して、その琴を愛撫《あいぶ》し、まるで弦をつま弾いているかのように、心の中で演奏を楽しんだという。

西郷は、見かけによらず、酒（鹿児島では焼酎のこと）には弱かったらしい。西郷のいちばん下の弟小兵衛《こへえ》の妻マツ（西郷家に同居していた）によると、少し飲んでも、すぐ顔が赤くなるたちだったらしい。ちなみに、いちばんの好物はカルカン饅頭で、いくらでも頬張ったという。

淵明の詩から推察すると、陶家にはさほど訪問客はなかったようだが、地方長官で終わった淵明と違って、西郷は新政府の首班を務めた人物であるから、訪問客は結構多かったらしい。その来訪者も、地元の人は言うに及ばず、遠く東北からも西郷に教えを請うためにやってきた。山形の荘内藩の人々である。

これまでも言及したことであるが、この荘内藩からの来訪者が、西郷から聞いたことを『南洲翁遺訓』としてまとめてくれたおかげで、現在の私たちも、西郷の思想の一端を知ることができるのである。

淵明は、酒と同様に菊も大好きで、この詩にも見えるように、しばしば菊を詩の題材にしている。中国では昔から陰暦九月九日の重陽の節句には、菊花を浮かべた酒を飲む風習がある。だから、秋の花といえば菊ということになるのである。

詩中の「南山」は、江西省九江市の南方にある廬山のことだが、これはいくつかの峰が連なったもので、一つの山を指すのではない。廬山の峰の一つに、『枕草子』の中に出てくる香炉峰《こうろほう》がある。

西郷の場合、「南山」に当たるのは、鹿児島市の東方海上にそびえる桜島である。現在は、武屋敷跡から桜島を眺めようとしても、鹿児島中央駅の大きな建物にさえぎられて見えないが、明治の頃はよく見えていたはずだ。

だが、朝な夕なによく見えていた桜島が出てくる詩は、私の見たところ、全一九七首中、二首しかない。しかも、いずれも桜島を主題にしたものではなく、武屋敷での生活風景の中の一コマとして、瞬時に顔を出すだけの役割しか与えられていない。巨軀にして大度量と評される西郷と、雄大な桜島との取り合わせは、ぴったり合うと思うのだが、これでは少々寂しいと言わなければならない。

四、静裡《せいり》の幽懐《ゆうかい》誰《たれ》か識《し》り得《え》ん——桃源郷——

西郷の隠棲中の生活は、まさに晴耕雨読で、農作業がない時は読書をして過ごした。他には、温泉めぐりと狩猟である。

鹿児島市は、市内でも温泉が湧き出る全国でも珍しい都市である。だから、市内の銭湯はたいてい天然温泉で、市民は遠く温泉地に足を運ばなくても、普通の銭湯料金で温泉が楽しめる。

西郷の温泉好きは有名だが、彼の場合、よその温泉地まで出かけて、その地に長く逗留するのが常だった。最もよく利用したのは、近場の日当山温泉である。また、かなり遠くなるが、霧島の北側にある白鳥温泉にも、よく出かけていたようだ。

西郷の場合、狩猟と温泉はセットになっていることが多く、昼間は犬を連れて山にウサギ狩りに出かけ、夕方に帰って来て、温泉につかって疲れを癒す、というパターンだったようだ。大自然の中の湯につかれば、当然、詩想も豊かに湧いてくるはずで、温泉地で作った詩がかなりある。次の詩も、その一つである。

偶成

淡雲擁レ屋毎春暄
天沸二温泉一清不レ渾
静裡幽懐誰識得
半窓閑夢入二桃源一

偶成《ぐうせい》

淡雲屋《たんうんおく》を擁《よう》して毎《つね》に春暄《しゅんけん》
天《てん》温泉《おんせん》を沸《わ》かし清《きよ》くして渾《にご》らず
静裡《せいり》の幽懐《ゆうかい》誰《たれ》か識《し》り得《え》ん
半窓《はんそう》の閑夢《かんむ》**桃源《とうげん》**に入《い》る

湯煙が湯屋を包んで、いつも春の暖かさ
温泉は天が沸かしてくれるので、湯は澄み切っていつまでも濁らない
静寂の中で胸の奥に抱く私の思いを誰が知り得よう
半開きの窓の下で、のどかにまどろむ夢は、いつの間にか桃源郷に入っていた

○淡雲…ここでは湯煙のこと。○暄…暖かいこと。○幽懐…胸の奥に抱く思い。○閑夢…のどかにまどろむ夢。○桃源…理想郷のこと。

西郷が、温泉の湯つぼにつかって、いい気持ちになり、うつらうつらしている様子が目に浮かんでくる。

当時、田舎の温泉はどこも男女混浴だったので、女性も入ってくる。若い娘はもちろん恥ずかしがって入らないが、お年寄りはそうでもなくて、こんな話が今に伝わっている。

ある日のこと、西郷が日当山の温泉につかっていると、お婆さんが入ってきた。西郷を見て、

「みごち《きれぃな》坊さんやいこっ《なことよ》」

とほめて、話しかけてきた。

当時、新政府は断髪令を出していたが、地方の田舎までは浸透しきれず、男はまだちょんまげを結っていた。坊主頭は、お寺の坊さんしかいないので、お婆さんはこう言ったのである。そしてさらに、

「お寺を持っちょいやっとな《てぃるのですか》」

と尋ねた。

西郷は答えに窮し、とっさに、

「はい、桜島んほに《のほうに》……」

と言って、ごまかしたという。

（『大西郷秘史』）

薩摩藩は、明治元年（一八六八年）の神仏分離令を遵守し、廃仏毀釈を徹底的に行った。それで、藩全体で一〇六六あった寺院が、すべて廃され、僧侶二九六四人が強制的に還俗させられた。

西郷は、当初から廃仏毀釈には批判的だったといわれるが、藩主島津忠義と国父久光親子が積極的に推進したらしい。そのせいで鹿児島市内には寺院が一つもなかった。

自分を坊さんだと思い込んでいる人のよさそうなお婆さんに、返事をしないわけにもいかず、そうかといって、くどくど説明するのも面倒なので、つい、桜島にあると言ってしまったのである。

さて、詩中にある「桃源」の説明をしておこう。これは「桃源郷」というのが正確な言い方で、陶淵明の「桃花源記」に出てくる理想郷を意味する言葉である。これは次のような内容の話である。

中国の晋代の武陵《ぶりょう》（現在の湖南省常徳県の西）という村に住んでいたある漁師が、ある日、谷川を遡《さかのぼ》って舟をこいでいくと、突然、一面に咲きそろった桃の林に出くわした。川の両岸には桃以外の木は一本も見当たらない。

男は不思議に思って、もっと奥まで見届けようと舟をこいでいくと、桃の林は水源のところで尽き、目の前に山があった。山には小さな入口があったので、そこから中に入っていった。

洞穴を通り抜けると、からりと開けて、あたりには平和な田園風景が広がっていた。道が縦横に通じ、鶏や犬の声がどこからか聞こえてきた。村人たちは異国の人のような服を着ていたが、みな楽しそうにニコニコしていた。男を見つけるとびっくりして、どこから来たのかと尋ね、自分たちのことも男に話して聞かせた。

それによると、彼らの先祖が秦の戦乱を避けて、村全体でこの地に逃げてきて、それ以来、外界と隔絶してしまったのだという。もちろん、いまの時代のことは何も知らない。

そこで、男が、秦のあとの漢や魏の王朝の話をしてやると、みな驚いて、興味深く聞き入るのだった。こうして、村のほうぼうの家で厚いもてなしを受け、数日間逗留《とうりゅう》した。

いよいよ帰るときに、村人から、この村のことは他言しないように、固く口止めされた。男は、もと来た洞穴を通って外に出て、もとの舟を見つけて村に帰った。男は、口止めされたことも忘れて、郡を治めている長官のもとを訪れて、事の顚末《てんまつ》を報告した。長官はさっそく部下を派遣して、その男といっしょにその村を探させたが、もはや見つけることはできなかった。

以上が、「桃花源記」の大まかな内容である。この話から、俗世間と隔絶された、平和で牧歌的な別天地を、「桃源郷」というようになり、理想郷を意味することになったのである。

五、嗤《わら》ふを休《や》めよ兎《うさぎ》を追《お》ふ老夫《ろうふ》の労《ろう》を ——運甓《うんぺき》(一)——

さきほど、狩猟と温泉はセットになっていると言ったが、今度は、西郷の狩猟についてみていこう。そもそも、西郷はいつごろから狩猟をするようになったのか。それは奄美大島に流謫《るたく》されてからである。

大島での生活は、囚人扱いではなく、捨扶持《すてぶち》(役に立たない者に支給される禄米)年六石《こく》が与えられたので、生活にはそれほど困らなかった。それで、自分の好きなことが出来たわけだが、そうはいっても、せいぜい本を読むか、その合間に、釣りや狩猟をするぐらいしかない。そういうわけで、奄美大島時代が、西郷の狩猟歴の原点といってよいだろう。

その後、維新戦争を勝ち抜いて、鹿児島に凱旋してきた当座の一時期、日当山温泉での静養中に、狩猟にも没頭したが、藩主からの要請を受けて藩政を手伝うようになってからは、思うように時間が取れず、断念している。

明治四年(一八七一年)からの三年間は、新政府の要人として東京で暮らすことになり、その間、狩猟もできなかった。その後、明治六年の下野以降は、官界からすっかり退き、晴れて自分の好きなことができる境遇となった。そこで、機会を見つけては、狩猟に出かけるようになったのである。

西郷が狩猟に関連して詠んだ詩は、全部で十八首あり、これは「秋」、「春」に次いで、三番目の多さである。次に、その一つを見てみよう。

田猟《でんりょう》

田猟

提レ銃携レ獒如レ攻レ敵
峰頭峰下慇懃覓
休レ嗤追レ兎老夫労
欲下以二遊田一換中運甓上

銃《じゅう》を提《さ》げ獒《いぬ》を携《たずさ》へて敵《てき》を攻《せ》むるがごとく
峰頭峰下《ほうとうほうか》慇懃《いんぎん》に覓《もと》む
嗤《わら》ふを休《や》めよ兎《うさぎ》を追《お》ふ老夫《ろうふ》の労《ろう》を
遊田《ゆうでん》を以《もっ》て運甓《うんぺき》に換《か》へんと欲《ほっ》す

銃を手に下げ、犬を連れて、まるで敵を攻めるかのように
峰の頂上からふもとまで、くまなく獲物を探し求める
あざ笑うのはやめてくれ、ウサギを追う老人の苦労を
狩りを陶侃《とうかん》の煉瓦運びの代わりにしたいと思っているのだ

○田猟…「田」、「猟」ともに「狩り」の意。○獒…おお犬。○慇懃…ていねいなさま。
○遊田…狩猟。○甓…煉瓦《れんが》。

儒教が聖典と崇《あが》める五経の一つ『礼記《らいき》』によると、狩猟には三つの意義があるという。一つ、祖先に獲物を備えるため。一つ、武備を忘れないため。一つ、獣が作物を荒らすの

を防ぐため、である。

二つ目の、「武備」とは、将来の武事（戦い）に備えることで、身体の鍛錬や弓術・銃術の維持・向上を図ることをいう。この詩は、起句からもわかるように、狩猟が武備の意義を持っていることを詠んでいる。

猟に犬はつきもの。狩猟を詠んだ詩には、犬がよく出てくる。上野の西郷さんが犬を連れていることからもわかるように、西郷は大の愛犬家だった。

ふだんは無口な西郷だが、犬に向かうときはいつも上機嫌で、何事か語りかけながら毛並みを撫でてやる。食事も、自分は後回しにして、犬から先に食べさせる、といった具合であった。それで、自然と犬にまつわるエピソードも多い。

武屋敷で飼っていた猟犬の中に、川辺産の猛犬がいた。この犬は、洋服姿の人を見かけると吠えて咬みつこうとするので、西郷は、「ゴジャ」という名前を付け、「ゴジャ、ゴジャ」と呼び掛けて、かわいがっていたという。

西郷は、当初、橋本左内から「燕趙《えんちょう》悲歌《ひか》の士（燕や趙の悲憤慷慨《ひふんこうがい》する侠者《きょうじゃ》）」と、その単純な攘夷論を揶揄《やゆ》されたが、異国風の人にやたらと吠え掛かる「ゴジャ」に、その「侠者（男気《おとこぎ》のある人）」、すなわち「豪者《ごうじゃ》」の姿を見たのかもしれない。

東京の新政府に出仕していた頃の話であるが、西郷が二人の愛妾《あいしょう》を抱えたという噂が立った。若い軍人たち数人が、その虚実を確かめようと、西郷邸を訪れた。出てきた西郷に、

「先生は、最近、美婦をお召し抱えになられたとのこと。ぜひ面謁《めんえつ》の栄を承《う》けたいのですが」

と畏《かしこ》まって請うと、西郷は哄笑《こうしょう》して、

「おう、抱えたぞ。しばらく待て」

と言って、従僕に何やら命じていた。軍人たちは、どんな美妾が出てくるかと、興味津々待ち受けていると、従僕が連れてきたのは二匹の猟犬だった。西郷は、猟犬の頭を撫でつつ、

「こいが、最近召し抱えた愛妾じゃ。かわいいもんよ」

と答えて、大笑いしたという。

（『大西郷秘史』）

詩中の「運甓」は、『晋書《しんじょ》』陶侃《とうかん》伝にある故事から出た成語である。陶侃は東晋初期の名将で、陶淵明の曾《そう》祖父に当たる。彼の事蹟について、ここでは『十八史略』の記事から

引用して示そう。

（武将の陶侃は、謀反を起こした豪族や、人々を苦しめる強賊を次々に撃破し、名将としての地位を確かなものにしつつあった。）時の権力者であった王敦《おうとん》はこれを憎み、彼の画策によって、陶侃は中央から遠く離れた広州の刺史（長官）に左遷された。広州では、毎朝百枚の甓（煉瓦）を部屋から運び出し、毎晩それを部屋に運び入れることを日課とした。

ある人がそのわけを尋ねると、

「いずれ中原で力を振るうときがくる。そのときに備えて辛苦に馴れておくのだよ」

と答えた。その後、王敦が失脚して、陶侃は要衝の荊州《けいしゅう》を治めることになった。

ここから、将来の武事に備えて、日ごろから体の鍛錬を怠らないことを、「運甓」というようになった。

陶侃については、彼の母も偉かったという話が伝わっている。中国の南朝宋の劉義慶《りゅうぎけい》の撰した『世説《せせつ》新語』賢媛《けんえん》編に、次のような記事が見える。

陶侃は、若い頃から大志を抱いていた。家は貧しく、母と二人で暮らしていた。ある日、范逵《はんき》という高官が投宿することになった。その頃、家は何日も雪と氷に閉ざされ、食べる物が何もなかった。

そこで、侃の母は、地に届くほど長かった髪を切り、髢《かもじ》（添え髪）として売り払い、そのお金で米を買って来た。また、家の柱を切って、それを二つに割って薪とし、筵《むしろ》を刻んで馬の飼葉《かいば》とした。こうして、夕方には、范逵だけでなく、その従者や馬にまで食べ物が行きわたった。

范逵は、その才覚に感心し、その厚意をありがたく思って、洛陽に着くと、さっそく政府の要人に侃を推奨し、おかげで侃は大いに名声を得た。

「家の柱を切ったり、筵を刻んだり」とは、漢文特有の大げさな表現であるが、それはさておき、そのようにしてまで高官をもてなすのが、はたして「賢媛（賢い女性）」なのかどうか、疑問の余地はあるが、屋台を傾けてまで息子を出世させたいという母心に、昔の人は感じ入ったのだろう。

詩の結句で、西郷は、自分の狩猟は陶侃の運甓のかわりだと言っているが、確かに、狩猟は、肥満した体軀の西郷にとって、食糧を確保するという目的以前の、体調管理の側面が強かった。

それでも、山に入ったときの西郷は巨漢にも似ず敏捷《びんしょう》で、獲物を追いかけて山中を縦横する西郷に、若い従者でもなかなか追いつけなかったという。

六、躬耕《きゅうこう》は暁《あかつき》を将《もっ》て初《はじ》む ——運甓㈡——

「運甓」という語は、江戸時代末の、不穏な空気が漂い始める頃になると、一種のブームになった感がある。その火付け役は、水戸学の総帥藤田東湖である。彼の詠んだ「郡宰《ぐんさい》秋懐《しゅうかい》（郡奉行の秋の感慨）」と題する七言律詩の頸聯《けいれん》に、次のような句が見える。

時弄㆓弓槍㆒代㆑運㆑甓　時《とき》に弓槍《きゅうそう》を弄《ろう》して**甓《かわら》を運《はこ》ぶ**に代《か》へ

也吟㆓詩句㆒当㆑弾㆑琴　也《ま》た詩句《しく》を吟《ぎん》じて琴《こと》を弾《つまび》くに当《あ》つ

（時には弓や槍の稽古に励み、甓を運んで体を鍛える代わりとしたこともあるし、また時には詩句を吟詠して、わが志を琴の調べに寄せたこともある。）

（『江戸漢詩選4　志士』岩波書店）

この東湖の詩は、おそらく西郷の目にも触れていたことだろう。そして、「運甓」の語を知り（あるいは以前から知っていたかもしれないが）、触発されて、自分でもこの語を用いた詩を詠んでみようという気になったのかもしれない。

「運甓」の出てくる西郷の詩をもう一つ紹介しよう。次の詩は、西郷が設立した吉野開墾社の、元教導団の生徒たちに向けて詠んだものである。

寄㆓村舎寓居諸君子㆒

村舎《そんしゃ》に寓居《ぐうきょ》する諸君子《しょくんし》に寄《よ》す

躬耕将㆑暁初　躬耕《きゅうこう》は暁《あかつき》を将《もっ》て初《はじ》む
何用㆑釣㆓虚誉㆒　何《なん》ぞ虚誉《きょよ》を釣《つ》るを用《もち》ひん
壟上練㆓筋骨㆒　壟上《ろうじょう》筋骨《きんこつ》を練《ね》り
灯前照㆓読書㆒　灯前読書《とうぜんどくしょ》を照《て》らす

昔時常運レ甓
今日好揮レ鋤
更要レ知二真意一
只応レ非レ種レ蔬

昔《せき》時《じ》常《つね》に**甓《かわら》を運《はこ》び**
今日《こんにち》好《この》んで鋤《すき》を揮《ふる》ふ
更《さら》に真意《しんい》を知《し》るを要《よう》す
只《ただ》応《まさ》に蔬《そ》を種《う》うるのみに非《あら》ざるべし

みずから耕す農作業は、はやくも明け方から始める
どうして世間のむなしい名誉を追い求める必要があろうか
昼間は畝《うね》の上で肉体を鍛え
夜は灯火の前で読書する
昔、晋の陶侃は煉瓦を運んで、いつも体を鍛えていたが
いま、諸君はすすんで畑を鋤で耕して、体を鍛えている
だが、さらに真意を知る必要がある
農耕は、ただ単に野菜を作るためだけではないのだ

○村舎…ここでは吉野開墾社の宿舎のこと。○寓居…仮住まい。○諸君子…ここでは旧陸

軍教導団（下士官）のこと。○躬耕…みずから耕すこと。○壟…畑の畝（土が盛り上がった部分）。

吉野開墾社は、私学校の一環として設立されたもので、西郷の下野とともに鹿児島に帰ってきた、旧陸軍教導団の百名ほどの生徒たちを集めて作られた。その設立の趣意は、開墾事業を通じて人材を育成することにあったが、廃藩置県によって失業した士族授産の意味合いもあった。

吉野は鹿児島市内から遠く、徒歩で半日はかかるので、生徒は寄宿舎に寝泊まりしていた。西郷も、寄宿舎近くの寺山に家を買い取り、一度やって来ると、しばらく滞在して開墾社の生徒たちと一緒に働いた。

この詩は、畑仕事で鋤を振るうのは、農作物を生産するためだけでなく、有事の際の身体をつくるためでもあると訴えている。つまり、この開墾社は、軍事訓練も兼ねており、そういう意味では、畑仕事は陶侃の「運甓」の代わりと言ってもよいだろう。

この詩とは別に、西郷は、南宋の陳亮《ちんりょう》（号は竜川《りょうせん》）の次の言葉を引用して、生徒たちに訓示したという。

推㆓倒一世之知勇㆒　一世の知勇を推倒《すいとう》し
開㆓拓万古之心胸㆒　万古の心胸《しんきょう》を開拓す

いまのこの世における知識と勇気を傾注し尽くして
いつの世にも通用する心の真実を明らかにしていこう

この言葉は、多くの幕末の志士たちに好まれ、藤田東湖も家の衝立《ついたて》に書き写していた。西郷は東湖に心酔していたから、彼の家を訪れたときにこの言葉を目にしたはずだ。座右の銘にしたのは、それがきっかけだったのかもしれない。

西郷は、これ以外にも陳竜川の言葉をよく口にしているが、なかでも「畏天愛民《いてんあいみん》（天を畏れ、民を愛する）」は、西郷が最後に行きついた「敬天愛人《けいてんあいじん》（天を敬い、人を愛する）」の思想に大きく影響したと思われる。

ところで、吉野開墾社にまつわるエピソードを一つ披露しよう。

開墾社から武村への帰りがけ、吉野町帯迫《おびざこ》の農家に立ち寄って、種芋《たねいも》用の唐芋《からいも》を二俵分けてもらい、馬に背負わせて帰途についた。

ところが、途中に崖崩れのため道が狭まっているところがあって、馬が片側に寄りすぎて、二メートル下の畑に落ちてしまった。西郷はどうしようもなく、ただ茫然と道に突っ立って見ていた。

すると、そのことを聞きつけた近辺の人が見にやって来た。よく見ると、西郷さんではないか。これは大変ということで、通りがかりの農夫たちも手伝って、横倒しになった馬の背から荷を解き、馬を上の道に引き上げて、また荷をつけ直してやった。西郷は、「馬引っが下手やっで、どじゃいならんない(馬を操る人が下手だから、こまったものよ)」と笑いながら、手伝ってくれた人に御礼を述べたとか。

その出来事のあった帯迫の坂道には「駄馬落《だばらく》」という地名が付いて、「積荷《つみに》は唐芋、曳《ひ》き手は西郷南洲翁」と記した石碑が立っている。失敗しても伝説になり、石碑まで立つとは、さすがは西郷さん。

七、彭祖《ほうそ》何《なん》ぞ希《ねが》はん犬馬《けんば》の年《とし》を――南華真経《なんかしんぎょう》の教え――

西郷の人生を概観すると、積極的に世に打って出た「陽」のときと、世間から身を退いて隠棲した「陰」のときがあった。

前者は、斉彬公の御庭番として活躍した時代、島から帰還後に倒幕運動を牽引《けんいん》した時代、明治新政府の首班として活躍した時代、そして西南戦争のときである。

後者は、二度にわたる遠島生活時代、維新革命後の一時的帰郷時代、そして遺韓論敗北後の帰郷時代などである。

この「陽」のときと、「陰」のときは、ほぼ交互に現れているが、これら「陽」と「陰」には、それぞれ前者には儒教思想が、後者には道教思想が深くかかわっている。

なぜなら、儒教思想は、仁義の道を個人から社会へと広く押し及ぼそうとする、動的、積極的傾向の考えであり、道教思想は、公よりも私個人の安心立命をはかろうとする、静的、消極的傾向の考えであるからだ。

この第六章は、「隠遁生活」という章立てであり、当然、道教思想的な傾向の詩が多い。その思想を代表する書物と言えば『老子』『荘子』であるが、次に取り上げる詩は、西郷が『荘子』に親しんでいたことをよく示すものである。

賀正

彭祖何希犬馬年
不レ牽二塵累一握二閑権一
新生祝賀兼レ人異
静誦南華第一篇

賀正《がしょう》

彭祖《ほうそ》何《なん》ぞ希《ねが》はん犬馬《けんば》の年《とし》を
塵累《じんるい》に牽《ひ》かれず閑権《かんけん》を握《にぎ》る
新生《しんせい》の祝賀《しゅくが》人《ひと》と異《こと》なり
静《しず》かに誦《しょう》す**南華第一篇**《なんかだいいっぺん》

八百年も生きたという彭祖は、どうして無駄に年齢を重ねることを願っただろうか
俗塵にまみれることなく、のどかに暮らす権利を握っていたに違いない
私もその彭祖にならい、新年の祝賀は人とちがって
『荘子』第一篇を静かに読んで過ごしている

○彭祖…八百年生きたという伝説上の仙人。　○犬馬年…これといった働きもなく、無駄に

年をとること。馬齢に同じ。〇塵累…俗世間の煩わしさ。〇南華第一篇…「南華」は、正確には「南華真経」といい、道教の聖典の一つである『荘子』のこと。「第一篇」は「消遥《しょうよう》遊《ゆう》篇」のこと。

彭祖は、古代の堯帝《ぎょうてい》のころから、夏《か》王朝を経て、殷《いん》、周代までの八百年間、養生して長寿を保ったという。孔子をはじめとする諸子百家のほとんどが、彭祖に言及している。なかでも道家は彭祖を自分たちの先駆者の一人とみなしており、道家の諸々の書籍に彭祖の養生論が記録されている。

一方、『史記』楚世家《そせいか》に、「彭祖氏は殷末に滅ぼされた」とあることから、「彭祖」を、人物の名前ではなく、氏族の名称とみなす説もある。

さて、起句と承句では、長寿で知られる彭祖の生き方について詠んでいる。つまり、彭祖は長生きしたけれども、俗世間にまみれて生きるような、無駄な生き方はしなかったというのである。

転句と結句では、自分も彭祖の生き方に倣《なら》い、この年頭に当たって俗世間との交わりを断ち切り、道教の聖典である『荘子』を心静かに読んで過ごそうというのである。

では、西郷が読もうと思った、その『荘子』第一篇（逍遥遊篇）の冒頭には、どういうことが書いてあるのだろうか、それを次に示そう。

北の果ての海に魚がいて、その名は鯤《こん》という。鯤の大きさはいったい何千里あるか見当もつかない。突然姿を変えて鳥となった。その名は鳳《ほう》という。鳳の背中は、これまたいったい何千里あるか見当もつかない。奮い立って飛びあがると、その翼はまるで大空一ぱいに広がった雲のようである。この鳥は、海の荒れ狂うときになると、さて南の果ての海へと天翔《あまがけ》る。

（『荘子』岩波書店）

この冒頭の叙述は、もちろん想像の世界を描写しているのだが、微細なことには目もくれない、なんとも気宇壮大《きうそうだい》な話ではないか。

具体的な現実世界に少し距離を置いて眺めてみると、それまで近視眼的な見方しかしていなかったことに気づくことがある。そういうことを教えてくれるのが、道家の思想書『荘子』の魅力である。

西郷は、正月早々から、この浮世離れした『荘子』を読んで、心をしばし空想の世界へ遊ばせようと考えたのだろう。この詩には、西郷の道家的生き方への強い憧れが見て取れる。

八、生涯《しょうがい》好《よ》き恩縁《おんえん》を覓《もと》めず――胡蝶の夢――

道家の思想として、もう一つ特徴的なことは、この世に存在するものに絶対的なものはなく、すべて相対的なものに過ぎないとみなすことである。
次の詩は、その道家の思想の一端が見て取れる作品である。

偶成

生涯不レ覓二好恩縁一
遊子傾レ嚢開二酒筵一
洛苑三春香夢裡
身為二胡蝶一睡二花辺一

偶成《ぐうせい》

生涯《しょうがい》好《よ》き恩縁《おんえん》を覓《もと》めず
遊子《ゆうし》嚢《ふくろ》を傾《かたむ》けて酒筵《しゅえん》を開《ひら》く
洛苑《らくえん》の三春《さんしゅん》香夢《こうむ》の裡《うち》
身《み》は胡蝶《こちょう》と為《な》りて花辺《かへん》に睡《ねむ》る

私は生涯、出世のための縁故など求めたことはない
だが今日は、よそ者の私が財布の紐を緩めて、酒宴を開いた
都の晩春、花の香りゆたかな夢のなかで
私のからだは蝶となり、花の咲きそろうあたりで眠っていた

○遊子…旅人。よそ者。ここでは作者本人のこと。○嚢…お金を入れる袋。○酒筵…「筵」は、座るために下に敷く「むしろ」のこと。「酒筵」は、酒の席、つまり「酒宴」のこと。○洛苑…洛陽の庭園。ここでは京都の庭園、または京都のこと。○三春…初春、仲春、晩春を合わせて三春ということもあるし、三番目の晩春を指す場合もある。○胡蝶…蝶々。

この詩は、西郷が京都にいる頃詠んだもので、隠遁時代から見ると、かなり時期がさかのぼる。

西郷が京都で活躍した時期は二度ある。一度目は、安政年間（一八五四-一八六〇）に斉彬公の命を受けて、一橋慶喜を将軍にすべく、朝廷や有力諸侯の間を奔走した時期である。もう一度は、流罪が赦免された後の元治《げんじ》・慶応年間（一八六四-一八六八）に、薩摩藩の軍

のトップとして、前回とは逆に将軍徳川慶喜に対峙《たいじ》して、朝廷中心の政治体制を築こうとした時期である。

この詩に見える京都は、倒幕に向けて活動していた二度目の頃の京都であろう。晩春の頃、諸国から西郷のもとを訪れる勤王の志士たちを、なけなしの金をはたいてもてなした際の様子が彷彿としてくる。

起句は、自分一身の縁故作りのために、これまで金品を使ったことはないという意味で、己の清廉さに対する自負がうかがえる。

承句は、勤王の同士をもてなす酒宴なら、金など惜しまないという心意気を示したものである。遊子とは、本来いるべき土地を離れて、よその地にいる者をいう。西郷は、遠く鹿児島から勤王のために京都に出てきているので、まさに「遊子」である。べつに遊びに来ているのではない。

転句と結句は、酔いが回ってうつらうつらしながら見た夢のなかで、蝶々になった自分も眠っていたという、幻想的な情景を詠んだものである。

この結句は、『荘子』斉物《せいぶつ》論篇が出典で、荘子が夢で蝶になった次のような話を踏まえたものである。

むかし、荘周は、自分が蝶になった夢を見た。楽しく飛びまわる蝶になりきり、のびのびと快適だったからだろうか、自分が荘周であるということをすっかり忘れていた。ところが、ふと目が覚めてみると、まぎれもなく荘周である。いったい、荘周が、蝶になった夢を見たのだろうか、それとも、蝶が、荘周になった夢を見ているのだろうか。荘周と蝶とは、おそらく区別があるだろうが、こうした（荘周から蝶へ、蝶から荘周へといった）移行を物化（すなわち万物の変化）というのだ。

この「胡蝶の夢」の話は、古来有名であるから、知っている人も多いだろう。他愛のない話のように思えるが、含まれている思想は、なかなか奥深いものがある。

夢を見た荘周と胡蝶との間には、一応の区別はあるのだが、それは絶対的なものではない。荘周が胡蝶となり、胡蝶が荘周となったことを考えると、もともとその源は同じであると言える。これを万物斉同（「斉同」は、斉《ひと》しく同じであること）という。

万物は同じというのであれば、荘周と胡蝶という区別がなぜあるのか。それは、本源的なものである「道」が、荘周と胡蝶に物化するからである。だが、それは表層的な変化にすぎず、そのような区別にとらわれず、本来の在り方である「道」に帰れ、というのが荘子の主張である。

この考えに基づけば、生から死へ、死から生へという移行も、相対的なものでしかなく、本源的には生と死は同一であるということができる。そして、ここから、死は何ら恐れるものではないという考えに行きつくのである。

ちょっとお堅い話が続いたので、ここらで一服して、酒宴にまつわる逸話をご紹介しよう。


その頃、京都祇園《ぎおん》に「奈良富《ならとみ》」という茶屋があって、西郷は、そこの小寅《おとら》（お虎）という仲居を贔屓《ひいき》にしていた。年は三十前後で、「一升酒のお虎」という名が付くほどの酒豪だった。肥えていたので「豚姫《ぶたひめ》」というあだ名もあったらしい。

薩摩藩の連中が集まっての酒宴では、酣《たけなわ》になると箸戦《なんこ》というゲームが始まる。二人向かい合って、後ろに回した手中に隠し持っている珠《たま》（チョーク大の直方体状の木片）の数を言い当てる単純な遊びで、言い当てられたほうは、罰として焼酎を、お猪口《ちょこ》で一杯分飲み干さねばならず、先に酔いつぶれたほうが負けとなる。

この豚姫のお虎が、巨軀の西郷と向かい合って箸戦を打つ眺めは壮観で、取り巻く藩士たちも、やんやの喝采《かっさい》を浴びせて、宴会も大いに盛り上がったそうだ。

西郷が東征大総督府下参謀として江戸に向かう際、このお虎も兵列の後からついてきて、なかなか帰らない。西郷はそれを見て、目障りだと思うどころか、かえって喜んで、

「虎が見送っちゅうんは、こりゃ縁起がよか」

と大金を与えて、大津辺りで帰したという。

（『大西郷の逸話』）

九、万頃《ばんけい》の稌花《とか》笑語《しょうご》香《かん》ばし――鼓腹撃壌《こふくげきじょう》――

西郷は、吉野開墾社近くに自分の畑を持っていて、開墾社の監督がてら、自作地の耕作も行っていた。

ある日のこと、四歳になる午次郎を家僕に背負わせ、自分は肥料用の酒粕を背に積んだ馬を牽《ひ》いて、吉野に向かった。途中、家僕が石に躓《つまづ》いて足指を痛めたので、西郷は、近くの薬局から軟膏を買って来て、家僕の足につけてやった。その間、馬をずっと道に立たせたままにしていたので、通りがかった巡査が、往来の邪魔になると言って西郷をとがめた。農夫然としていたので、西郷だとわからなかったらしい。西郷は、

「悪うごわした」

と謝るのだが、巡査は承知しない。とうとう警察署に連れていかれた。

家僕が、子どもを背負ったまま、警察の門口で右往左往していると、別の巡査が見廻りから帰って来た。家僕のようすを見て、何事かと尋ねると、

「旦那が、引っ張られやした」

と半泣き気味に返答する。旦那とは誰か、と問うので、家僕が、武村の西郷様ですと答えると、巡査は血相変えて、署の中に飛び込んで行った。

しばらくすると、西郷は何事もなかったように、署の中から出て来て、そのことについては、その後何も言わなかったそうだ。

おれは西郷だと威張って、自分をしょっ引いた巡査を叱るでもなく、往来の邪魔をした自分の非を素直に認め、職務に忠実な巡査をほめる気持ちもあったのだろう。

粗末な身なりをして馬の轡《くつわ》を牽く西郷は、どこから見ても一介の農夫に過ぎなかった。西郷自身も、煩わしい役人生活から解放されて、晴耕雨読の自由気ままな農民同様の生活を、嬉々として受け入れている感があった。

次に取り上げる詩は、どこの農村かはわからないが、一幅の絵を見るような田園風景を、

牧歌的に詠みあげた詩である。

村居即目

十里坡塘引レ興長
西郊帰犢対二斜陽一
邨翁鼓腹欣二豊歳一
万頃稌花笑語香

村居即目《そんきょそくもく》

十里《じゅうり》の坡塘《はとう》興《きょう》を引《ひ》くこと長《なが》く
西郊《せいこう》の帰犢《きとく》斜陽《しゃよう》に対《たい》す
邨翁《そんおう》**鼓腹《こふく》して**豊歳《ほうさい》を欣《よろこ》び
万頃《ばんけい》の稌花《とか》笑語《しょうご》香《かん》ばし

十里も続く堤防は、私の興味を引いていつまでも尽きることがなく
西の郊外を、夕陽を浴びながら子牛が帰っていく
村の老農夫は、腹鼓《はらつづみ》をうって豊年を喜び
広い田圃の稲穂は、笑いさざめくように擦れ合って、よい香りを放っている

○即目…目にしたままを詩に詠むこと。 ○万頃…「頃」は土地の広さを表す単位で、広い

田地のこと。〇稌花…もち稲の花。ここは実った稲穂のこと。

詩に詠まれている村は、いったいどこだろうか。十里も堤防が続いているので、武村ではなさそうだ。武村は、後方にすぐ武岡台の丘陵が迫っていて、前方はそれほど行かないうちに錦江湾に出てしまう。私が思うに、西郷がよく湯治と狩りに出かけていた日当山近辺の村だろう。

西郷が生きていた当時は、日当山に温泉旅館といった気の利いたものはなく、農家の龍宝伝右衛門宅に寄宿していた。その家の近くには天降川《あもり》が流れていて、広大な田園風景も広がっている。北方の霧島連山に源を発する天降川は、総延長が四十キロメートル以上もあり、川岸の堤防も下流まで延々と続いている。西郷の目を楽しませるには十分であろう。

一日の農作業を終えた老農夫が、牛に荷車を牽かせるか、その背に荷物を載せるかして、夕陽の中、家路を急ぐ。母牛の後を子牛が跳ねながら元気よくついて行く。老農夫にとって、稲の作柄だけが心配だが、今年はおかげで豊作らしい。広大な田園を埋め尽くす稲穂の、さわさわと擦れ合う心地よい音は、老農夫の豊作を喜ぶ満足した気持ちを表しているかのようだ。

こういったありふれた光景こそが、投獄や戦争といった幾多の異常事態を経験し、はたまた、丁丁発止《ちょうちょうはっし》の政治の世界を渡ってきた西郷の心を、自然と和ませるのである。

転句に見える「鼓腹」は、四字熟語の「鼓腹撃壌」の一部で、食糧が腹鼓をうつほど十分足りていることを意味する成語である。出典は『十八史略』五帝編で、次のような話が見える。

中国で古代の聖王と言えば堯《ぎょう》である。その仁徳は天のようにあまねく行き渡り、その知徳は神のように測り知れないものだった。また、これに近づくと太陽のように温かく、遠くから望むと雲のように壮大で厳《いか》めしかった。

堯は、天下を治めること五十年に及んだが、世の中がうまく治まっているかどうか、また万民が自分を天子に戴《いただ》いていることを願っているかどうかわからなかった。そこでお忍びで大通りに出てみると、子どもたちが自分の政治をほめる歌を歌っていた。また、ある老人が、

哺《ほ》を含み**腹を鼓《こ》し、壌《つち》を撃ちて**歌ひて曰く（食べ物を口に含んで腹鼓を打ち、地べた

を撃って調子を取りながら歌って言った）、

「日が出ると働き、日が入ると家で憩《いこ》う。井戸を掘って飲み、田を耕して食べる。天子のお力など、私には関係のないことだ。」

この老人の政治に対する無関心な態度から、一見、堯の統治を無視し、その政治を批判しているかのように見える。ところが、本来の意味はその逆で、堯の徳政の下で暮らしている人々が、為政者の存在さえ忘れてしまうほど、太平を享受している様子を表現しているのであり、結局は、堯の政治をたたえているのである。

西郷の目に映った村の情景と老農夫の満足したさまは、西郷たちが中心になってつくった新政府の恩恵が、日本の南端に近いこの一地方の村にも及んでいることを示している。

十、村静《むらしず》かにして砧声夜闌《ちんせいやらん》に起《お》こる——李白と杜甫——

この章の三でも触れたように、西郷の詩は、秋に関するものが最も多い。そこで、再び、秋に関連した詩を取り上げてみたい。ただ、数が多いので、この本の主旨である中国古典に関係のある詩に絞り込むことにする。
　中国古典との関係といっても、その関係の仕方にはいろいろある。これまで見てきた詩の多くは、故事成語や歴史上の出来事・人物などとの関係に注目して論じてきた。ここでは、詩の内容や表現からみて、古典として定評のある漢詩の影響を受けたものを見てみよう。
　ただ、影響を受けた程度もいろいろあって、「寒夜独酌」と題する七言絶句の転句の、

「塵世難レ逢二開レ口笑一（塵世《じんせい》口を開きて笑ふに逢《あ》ひ難《がた》し）」

（塵にまみれた俗世間では、口を大きく開けて笑うほどの愉快な出来事に出会うことはめったにない）

という表現などは、唐の杜牧《とぼく》の「九日斉山登高（九日斉山《きゅうじつせいざん》に登高《とうこう》す）」と題する七言律詩の第三句を、そっくりそのまま借用している。
　また、「閑居《かんきょ》偶成」と題する七言絶句の結句の、

「梧桐葉上已秋声（梧桐《ごとう》の葉上《ようじょう》已《すで》に秋声《しゅうせい》）」

（桐の葉の上では、早くも秋風が音を立てている）

という表現は、「少年易レ老学難レ成（少年老い易《やす》く学成《がくな》り難《がた》し）」で始まる「偶成」と題さ

れた有名な七言絶句（作者は南宋の朱熹とされてきたが、近年、疑問視されている）の結句

「階前梧葉已秋声（階前《かいぜん》の梧葉《ごよう》已《すで》に秋声《しゅうせい》）」

（階段の前のあおぎりの葉には、早くも秋風が訪れている）

という表現と、ほぼ同じである。

次に挙げる詩は、こういった詩句の類似ではなく、詩趣の類似、つまり、詠まれている内容や趣が、古典として評価の高い詩に類似しているものである。

秋夜客舎聞レ砧

秋深風露客衣寒
村静砧声起二夜闌一
皎月窺レ窓照二双杵一
更令三孤婦叩二辛酸一

秋《しゅう》夜《や》客舎《かくしゃ》に砧《きぬた》を聞《き》く

秋深《あきふか》く風露《ふうろ》客衣《かくい》寒《さむ》く
村静《むらしず》かにして砧声《ちんせい》夜闌《やらん》に起《お》こる
皎月《きょうげつ》窓《まど》を窺《うかが》ひて双杵《そうしょ》を照《て》らし
更《さら》に孤婦《こふ》をして辛酸《しんさん》を叩《たた》かしむ

秋が深まり、風が吹き露もおりて、旅装を通して寒さが身にしみる

村は静かで、砧を打つ音が夜ふけに聞こえてくる
おそらく白く輝く月が窓から射し入って二本の杵を照らし
夫のいない孤独な婦人がさらに辛い思いをしながら砧を叩いていることだろう

○客舎…旅館。○砧…ごわごわした布を木槌《きづち》で打って柔らかくするときに用いる石や木の台。または、その台を打つこと。「衣板《きぬいた》」に由来する。○双杵…砧を打つ二本の木槌。○孤婦…夫が出征したり死亡したりして、独りきりになった婦人。寡婦《かふ》。○令…使役の助辞。「しむ」と読む。

この詩は、いつ頃詠んだものか、また、「客舎」は、どこの旅館のことか、わからない。西郷は国事に奔走していた時は、京都や江戸（その後は東京）を拠点にして、その間の東海道を幾度となく往来していたし、下野した後も、狩りをする目的で、北は霧島の裏側（北側）や栗野辺りまで、南は指宿《いぶすき》の鰻《うなぎ》温泉辺りまで、東は大隅半島の南端近くの小根占《こねじめ》まで、まさに県下一円を駆け回っていた。

「砧を打つ」などということは、もはや古典の中にしか登場しない死語と化しているが、

西郷が生きていた頃は、どうだったのだろうか。そのヒントになるのが、次の二人の俳句である。

正岡子規（一八六七－一九〇二）作
小博奕《こばくち》にまけて戻れば砧かな
（掛け金の小規模な博奕で金を摩《す》って、夜中に戻ってくれば、砧の音が聞こえてくるよ）

日野草城《ひのそうじょう》（一九〇一－一九五六）作
砧《きぬた》打《うつ》二人となりし話し声
（辺りは寝静まって、話し声も、砧を打つ二人の声だけになってしまった）

右の俳句の正確な制作年代はわからないが、明治はもちろんのこと、少なくとも日野草城の生きた昭和の前半くらいまでは、砧があったということがわかる。そうすると、西郷は、実際に砧の音を聞いてこの詩を作ったということになる。

転句に見える「双杵」は、日野草城の俳句にもあるように、二人が向かい合って、互いに拍子を取りながら打つものらしい。だから「双《ふた》つの杵《きね》」というのだろう。きわめて単調で辛い仕事なので、話でもしながらやらないと、とても耐えられないというわけだ。

そうすると、結句の「孤婦」は、どう考えたらよいのか。これは、向かい合って砧を打っている二人が、どちらも夫のいない寡婦だと考えれば、つじつまが合う。

さて、中国の名詩との関係を見ていこう。この詩の転句の「月が双杵を照らす」とか、結句の「孤婦が砧を叩く」とかいった内容および表現は、李白や杜甫の詩を踏まえたものであろう。

李白に、「子夜呉歌《しやごか》」と題する五言古詩がある。

長安一片月　　長安《ちょうあん》一片《いっぺん》**の月**《つき》
万戸擣レ衣声　　万戸《ばんこ》**衣**《ころも》**を擣**《う》**つの声**《こえ》
秋風吹不レ尽　　**秋**《しゅう》**風**《ふう》**吹**《ふ》**いて**尽《つ》きず
総是玉関情　　総《すべ》て是《こ》れ玉関《ぎょくかん》の情《じょう》
何日平二胡虜一　　何《いず》れの日《ひ》か胡虜《こりょ》を平《たい》らげ

良人罷㆓遠征㆒　良人《りょうじん》遠征《えんせい》を罷《や》めん

長安に一片の月が浮かんでいる夜
あちこちの家々から衣を打つ砧の音が聞こえてくる
秋風が吹いてきて、いつまでも吹き止まない
これらはすべて、玉門関のかなたの戦場にいる夫を思う妻の心情をかきたてる
いったい、夫はいつになったら、北方の異民族を平定して
遠征をやめて帰ってくるのだろう

○長安…唐の都。現在の西安。　○玉関…玉門関。甘粛省敦煌の西にある。

秋風の吹く月の夜、村の家々から砧を打つ音が聞こえてくる。この秋の夜の風情は、遠く戦場に夫を送り出した妻たちの寂しい気持ちをいっそうかきたてる、といった内容の詩である。この李白の詩の醸《かも》し出す詩情が、西郷の詩に影響を与えたのは明白である。

また、杜甫に、「夜」と題する七言律詩があり、その前半の首聯と頷聯に、

露下天高秋気清
空山独夜旅魂驚
疎灯自照孤帆宿
新月猶懸双杵鳴

露《つゆ》下《お》り天《てん》高《たか》くして秋気《しゅうき》清《きよ》し
空山《くうざん》独夜《どくや》旅魂《りょこん》驚《おどろ》く
疎灯《そとう》自《みずか》ら照《て》らして孤帆《こはん》宿《しゅく》し
新月《しんげつ》猶《な》ほ懸《か》かりて双杵《そうしょ》鳴《な》る

露が降り、天は高く澄んで、秋の空気はすがすがしい
人気のない山中に夜独りでいる旅人の心は、ちょっとした物音にも驚いてしまう
水面には一個の帆掛け舟が、ほのかな灯かりをともして停泊しており、
出たばかりの月が山に懸かって砧を打つ杵の音が聞こえてくる

とある。第二句の「空山独夜旅魂驚く」や、第四句の「新月猶ほ懸かりて双杵鳴る」などに、西郷の詩への影響がうかがわれる。

西郷は、島に流罪にあったとき、『唐詩選』も携行していたといわれている。だから、自分で漢詩を作るようになってからは、李白や杜甫の作品など模範となる有名な詩は、暗記するくらい繰り返し読んだに違いない。

さて、西郷の詩の結句に、「更令孤婦叩辛酸（更に孤婦をして辛酸を叩かしむ）」とあり、夫の遠征で寂しい思いをしている上に、夜なべ仕事も加わって、いっそう辛い思いをしている婦人のことを詠んでいるが、これは、西郷のイト夫人の姿そのものではないか。

西郷は、イトと所帯を持ってからも、国事で家を空けることが多かった。とくに幕末の頃は戦争が相次いだから、その頃のイトは、それこそ遠征先の西郷の身を案じる「孤婦」そのものであったといえよう。

その極めつけが西南戦争である。結局、西郷は帰らぬ人となるが、出征する西郷を見送って後のイトの苦労は、並大抵のものではなかったようだ。

出征当時、西郷家は大人数を抱えていた。長男の寅太郎（十二歳）、次男の午次郎（八歳）、三男の酉三（五歳）、西郷の弟吉次郎（戊辰戦争で戦死）の長男隆準《たかより》（十三歳）、その姉ミツ（十六歳）。島妻の愛加那の娘菊子（十四歳）、西郷の末弟小兵衛の妻マツ、その子の幸吉（二歳）、他に、沖永良部島に流されていた頃からの友人川口雪篷、家僕まで合わせると、十人以上の大所帯だった。

イトは、当時三十五歳で、今から考えるとまだまだ若い年齢であったが、西郷出征後のこの大所帯を、その若さで切り盛りしていかなければならなかったのである。

戦争の勃発当初はそれほどでもなかったが、戦局が不利になり、官軍が鹿児島市を占領する段になって、家族の身にも危険の及ぶ恐れが出てきた。そこで、昔、西郷家に仕えていた女中が、日置郡永吉という片田舎に住んでいたので、そこを頼っていくことになった。しかし、官軍の勢いがさらに増してくると、イトの耳に、官軍が西郷一家を探し出して首をはねるつもりだそうだという風説が聞こえてきた。実際、武装した官兵の探索が、永吉の隠れ家の近くまで迫ってきた。

そこでイトは、思い切って鹿児島方面に引き返し、武屋敷から一里と離れていない西別府の西郷家の農作業用の家に移り、身をひそめることにした。さすがの官軍もそこには気づかず、戦争が終わるまで事なきを得たという。

イトが西郷の最期のようすを聞いたのも、この家に住んでいるときで、西郷に始終仕えていた従僕の吉左衛門《きちざえもん》が、岩崎谷で自害したこと、その首を自分がしっかり隠し終えたことなどを知らせてきたのである。

第七章　終焉

前章で西南戦争時の妻イト、及び家族の味わった苦しみに触れ、戦争に敗れて自害した西郷の首にも言及したので、本来ならそこで終わりになるところだが、「終焉」と銘うって、まとめとなる漢詩を三つ掲げることにした。一つは、西郷の最期と幾分重なる部分があるように思える漢代の英雄韓信にまつわる詩、もう一つは、西郷が影響を受けた孔子の思想への感懐を詠んだ詩、あとの一つは西郷の思想の到達点ともいうべき「敬天愛人」に通じる心情を詠んだ詩である。

一、盛名《せいめい》終《おわ》りを令《よ》くするは少《すく》なし——胯間《こかん》の志——

西郷は辞世の詩を遺さなかった。だいたい西南戦争が勃発してから、詩作そのものをピタリとやめている。政府軍の参軍山県有朋《やまがたありとも》は、岩崎谷の洞窟にこもる西郷軍に総攻撃の日時を伝えているので、訣別の宴を開いたといわれているその前夜にでも、辞世の詩を詠もうと思えば詠めたはずだ。

実は、「西郷の辞世の詩発見か」という新聞記事が、二〇〇九年九月十二日の各紙にいっせいに出たことがある。その漢詩は、西南戦争で政府軍の医師であった山崎泰輔《やまざきたいすけ》（一八四〇―一八九八）の日記に書き残されていたもので、次のような詩である。

肥水豊山路已窮
墓田帰去覇図空
半生功罪両般跡
地底何顔対㆓照公㆒

肥水豊山《ひすいほうざん》路《みち》已《すで》に窮《きわ》まる
墓田《ぼでん》に帰去《ききょ》せん覇図《はと》空《むな》し
半生《はんせい》の功罪《こうざい》両般《りょうはん》の跡《あと》
地底《ちてい》何《なん》の顔《かんばせ》ありてか照公《しょうこう》に対《たい》せん

肥後の川を渡り、豊後の山を越えて来たけれども、征路はもはやここに窮まった
先祖の眠る墓地に帰ろう、新政府を制覇する計画が破綻したからには
私の半生は、功績と罪過の両方の跡かたを残したようだ
　冥途に行ったら、どんな顔をして斉彬公にお目見えしようか

○肥水…肥後（熊本）の川。○豊山…豊後（大分県）の山。○墓田…先祖代々の墓地。○覇図…明治新政府を制覇する計画。○両般…両様。○照公…照国（斉彬）公。

西郷軍がこもった洞窟（鹿児島市城山町）

　西郷実作の可能性が高いということから新聞記事に出たのだろうが、その真偽については、いまだに賛否が分かれている。
　ただ、私なりの感想を言えば、西郷の実作の可

能性は低いのではないかと考えている。その理由として、他人の日記に記録されていること、推敲前の原作までその日記にあることなどが挙げられる。また、詩の内容という点でいうと、西郷自身の半生が他人事みたいに総括され、あまりにも冷めた客観的な感じを受けること、今度の決起を自ら「覇図（覇道に基づく戦略）」と位置づけており、西郷が本来尊重しているはずの「王道」と合わないこと、詩の中でこれまで一度も触れたことのない照公（斉彬公）を持ち出していることなどが、西郷の実作を疑わせる根拠である。

これまで西郷の詩を見てきて感じたことだが、西郷は、自分の心の奥深くに刻んでいる思いは、決して人に漏らさないタイプの人間ではないかという印象を受ける。だから、「照公」への思いを詩のテーマにして詠んだものは一つもないのである。

第一章の三で見たように、月照と入水自殺を図った時は、辞世の和歌を詠んでいるが、そのときは武運つたなく生き返ってしまった。それに懲りて、もう辞世の句（詩）などというものは遺すまいと決意したのではないか。

そこには、写真を一枚も残さなかった理由と同じく、「自分は土中の死骨なのだから、そういうものを遺すべきではない」という強い思いがうかがえる。そして、その決意の通り、西郷は、詠める時間も力量もありながら、意識的に辞世の詩を遺さなかったのだろう。

西郷は、自分の死については何も言及しなかったが、漢王朝成立の英雄である韓信の死については、次のような詩を詠んでいる。

題㆘韓信出㆓胯下㆒図㆖

韓信《かんしん》の胯下《こか》より出《い》づる図《ず》に題《だい》す

盛名令㆑終少
功遂竟淪亡
怪底胯間志
封㆑王忽自忘

盛名《せいめい》終《おわ》りを令《よ》くするは少《すく》なく
功《こう》遂《と》げて竟《つい》に淪亡《りんぼう》す
怪《あや》しむ底《なん》ぞ胯間《こかん》の志《こころざし》
王《おう》に封《ほう》ぜられて忽《たちま》ち自《みずか》ら忘《わす》るるや

盛んな名声を博しても、立派な最期を迎える例は少なく
手柄を立てても、結局は落ちぶれて滅びるものなのだ
不思議に思うのは、韓信はどうして若い頃の胯間の志を
楚の王位を与えられると、たちまち忘れてしまったのだろうか

○韓信…秦末漢初の劉邦下の将軍。○胯下…股の下。○淪亡…沈み滅びる。

この詩は、歴史画を得意とした菊池容斎《きくちようさい》が「韓信の股くぐり」の故事を題材にして描いた画に、賛として詠んだもので、明治三年の作である。

「韓信の股くぐり」とは、韓信がまだ若い頃、淮陰《わいいん》の無頼《ぶらい》の徒に「俺の股をくぐれ」と侮辱され、喧嘩を売られたが、隠忍自重して、言われた通りその股をくぐった逸話をいう。大志のために当面の侮辱を甘受したことから、「胯間の志」ともいう。この逸話については、『史記』淮陰侯《わいいんこう》列伝に次のように見える。

淮陰の屠殺者《とさつしゃ》仲間の若者で、韓信をばかにするものがいた。

「おまえさんは、大きな図体《ずうたい》で、剣をぶら下げるのは好きだが、心の中はびくついているんだろう。」

大勢の中で恥をかかせて、

「おいおまえ、死ぬ気なら刺してみな。死ねないのなら、おれの股の下をくぐれ。」

すると韓信は彼をしげしげと見つめたすえ、頭を下げて股下をくぐってはい出た。盛り場中の人がみな笑いはやし、韓信を臆病者だと思った。
（『史記列伝㈢』岩波書店）

韓信は、のち楚王となると、昔、ゆかりのあった者たちを呼び出して恩賞をとらせた。その中には、あの恥をかかせた若者もいた。その部分を再び『列伝』から引用しよう。

股ぐらをくぐらせた男を召し出して、楚の中尉（町の巡察をし、盗賊を捕まえる役職のトップ。今の警察長官〈筆者注〉）に取り立ててやり、将軍や大臣たちに向かって言った、「これは立派な男だよ。わしに恥をかかせおったあのとき、わしがこいつを殺せなかったのじゃない。こいつを殺しても名があがるものでもない。だからがまんして、これまでに成ったのだ。」
（同前）

韓信は、はじめ項羽に仕えていたが、項羽が自分を用いてくれなかったので、劉邦《りゅうほう》のもとに馳せ参じた。しかし、ここでもなかなか用いてくれない。ようやく蕭何《しょうか》が推薦してくれたおかげで、韓信の献策が聞き入れられ、しかも大将軍に抜擢された。
その後の活躍は目覚ましいものがあり、連戦連勝、ときには背水の陣などの奇抜な戦法も駆使しながら、劉邦の天下平定に大きく貢献した。項羽軍が滅亡すると、その後をうけて楚王となったが、やがて劉邦にその才能を疎《うと》まれて、淮陰侯に降格された。最後は謀反の心ありとの口実で、劉邦の妻呂后《りょこう》の謀略にあって殺された。

韓信は、己のこの悲運を、「狡兎死《こうとし》して走狗烹《そうくに》らる」といって嘆いたという。これは、すばしこい兎を捕まえてしまうと、猟犬も不要となり、煮て食われてしまうように、敵国が滅びると、有能な将軍も不要となって殺されてしまうことをいう。承句の「功遂竟淪亡（功遂げて竟に淪亡す）」は、まさにこの韓信の、興隆から衰亡へと転落していった悲劇的な人生を詠んでいるのである。

転句と結句では、楚の王位に就いた韓信が「胯間の志」を忘れて傲慢になり、帝位にある劉邦の命令に従わなかったことで、劉邦に不信感を抱かれるようになり、結局は賊臣として歴史に名を留めてしまったことを残念がっているのである。

ところで、韓信の「胯間の志」は、将来の大志実現のために、当面の侮辱を甘受することであったが、西郷の沖永良部への遠島以降の生きざまは、久光から受けた身に覚えのない冤罪、すなわち侮辱を、生涯をかけてすすぐためのものに他ならなかった。

前にも引用した親友桂久武への手紙（明治二年）に、こう述べている。

今日《こんにち》に至り候ては、獄中の賊臣《ぞくしん》、決《けっし》て相忘《あいわすれ》候《そうろう》儀《ぎ》にては更々《さらさら》これ無く、雲霧を破り候えば、退いて謹慎仕《つかまつ》るべきこそ、先君の御鴻恩《ごこうおん》忘却仕らざる事と相明《あいあきら》め居《おり》候。

（今日〔維新革命の成功という状況〕に至りましたからには、かつて獄中の賊臣であった身の程を、決して忘れてしまうようなことは更々なく、藩に反逆したという冤罪を今回の戦功で晴らすことができましたので、引退して謹慎申し上げることこそ、先君斉彬公の御恩を忘却申しあげないことと悟っております。）

この手紙は、維新革命成功後の新政府に出仕しない理由を語ったものだが、このように、西郷は、その半生を、冤罪で投獄された恥辱をすすぐことだけに捧げようとしたのであって、政府高官に出世したいなどと思ったことは一度もなかったのである。

ところが、その後、思いがけず新政府の首班を務めることになり、俗塵の真っただ中で孤軍奮闘したあげく、遺韓論で敗れて下野するという道をたどる。

さあ、これで晴れて隠遁かと思いきや、時勢に遅れをとった旧士族たちが放って置かず、西郷のもとを訪れて政府への不満をぶちまけるのであった。

西郷の従僕によれば、狩りから帰ると、朝から来て待っているという人が多くて、疲れていても、すぐに着替えて、来客に応接したという。

そして、最後は、私学校の教官や生徒たちの神輿《みこし》に担がれて、西南戦争に突入し、その波乱万丈の生涯を賊臣として終えることになる。奇しくも、起句で韓信のこととして詠んだ「盛名令終少（盛名終りを令くするは少なし）」が、西郷自身の身の上を暗示する言葉になってしまったのである。

二、禍福如何《かふくいかん》ぞ心を転倒せしめん――夫子の道は忠恕のみ――

私たちの人生は、良いことばかりが続くわけではないし、逆に悪いことばかりでもない。そのことを諺では、「禍福は糾《あざな》える縄の如《ごと》し（災いと幸福は、撚《よ》り合わせた縄のように、表になり裏になって変転するものだ）」とか、「人間《じんかん》万事塞翁《さいおう》が馬（人の世の吉凶禍福は予測しがたい）」とか言ったりする。

つまり、人生は山あり谷ありの変転極まりないものなのだが、西郷の場合、その変転が並大抵のものでなく、しかもきわめて劇的であった。では、そのような苛酷な運命に翻弄され続けた西郷は、いったいどのような心掛けで事に処したのだろうか。

次の詩は、自分の半生を顧みて、いわば自分の生きざまを総括したような詩である。

失題

禍福如何転㆓倒心㆒
平生把㆑道謁㆓朱門㆒
幾回抛㆑死臨㆓兵事㆒
忠恕金言不㆑食㆑言

失題《しつだい》

禍福《かふく》如何《いかん》ぞ心《こころ》を転倒《てんとう》せしめん
平生《へいぜい》道《みち》を把《と》りて朱門《しゅもん》に謁《えつ》す
幾回《いくかい》か死《し》を抛《なげう》ちて兵事《へいじ》に臨《のぞ》む
忠恕《ちゅうじょ》の金言言《きんげんげん》を食《は》まず

災いや幸運が、どうして私の心を覆せようか
日頃、正道をふんで権門勢家に出入りする幸運にあずかった
これまで幾度も死を覚悟して戦いに臨んだ
どんなときも忠恕という孔子の金言を守って、人をだますことはしなかった

○禍福…災いと幸運。○朱門…権門勢家。○忠恕…真心と思いやり。○食言…う

そをつく。

起句に見える「心」とは、とりもなおさず結句にある「忠恕」の心のことだろう。災いに見舞われたり、反対に、幸運に恵まれたりしても、一喜一憂せず、これまで自分は常に「忠恕」の心を堅持したというのである。

承句は、「禍福」のうちの「福」が勝《まさ》っていた頃の回想であろう。京都の貴族や、江戸の大名・旗本などの権門勢家にお目通りが叶い、意見を具申することができた。しかし、そういう羽振りのよい時であっても、決して人としての道を踏み外すことはなかったのである。

転句は、死を賭《と》して幾多の戦争に臨んだ頃の回想で、これは「禍福」のうちの「禍」の運命に晒されていた時のことである。戦時にはややもすると自己保身に走りがちだが、西郷はどの戦争の時も自分のことは顧みず、命を投げ出すつもりで戦ったというのである。

最後の結句では、「禍」および「福」の運命に関係なく、いかなる時でも孔子の説いた「忠恕」の教えに基づいて、まことの心で自分の行動を律してきたと詠んでいる。

では、運命に翻弄され続けた西郷の人生を、ここで簡単に振り返ってみよう。

初め一介の下級武士に過ぎなかった西郷は、藩主斉彬公の大抜擢により、藩を代表する人物へと成長する。ところが、斉彬公の急死によって後ろ盾を失い、さらに大老井伊直弼の登場で、幕府のお尋ね者となり、一緒に逃げた月照と入水事件を起こしてしまう。

一命をとりとめた西郷は藩命で奄美大島に潜居を余儀なくされ、三年後にやっと鹿児島に呼び戻される。ところが、まもなく久光公の怒りを買い、今度はもっと遠くの沖永良部島に流される。

二年後に赦免されて薩摩藩の軍賦役を命じられ、これ以降、京都、江戸を股に掛けた大活躍が始まる。禁門の変、第一次長州征伐では旧幕側で勇名を馳せるが、薩長同盟締結後は倒幕運動の中心人物として活躍する。

鳥羽・伏見の戦いでの勝利、江戸城無血開城、明治新政府の樹立と、西郷は立て続けに大きな仕事をやってのける。その後一時下野したが、請われて中央政界に復帰し、新政府の首班を務める。

数々の成果を上げたのち、やがて遺韓問題で自説が入れられず、こんどこそ本当に下野して鹿児島に帰る。その後、若者の教育活動に力を入れるも、その若者たちに担がれて西南戦争を起こし、朝廷に歯向かう逆賊として生涯を終える。

こう見てくると、まさに山あり谷ありで、あらためてその禍福の変転の激しさに驚かされる。

この詩が、いつごろ作られたものなのか定かでないが、自分の半生を淡々と概観しているところから、西南戦争が起こる以前の、かなり晩年に近い頃だろう。

その変転極まりない人生において、西郷は孔子の「忠恕」の教えだけは守り通したと自負している。では、「忠恕」とはいったいどのような教えなのか。

『論語』里仁編に、孔子と門人の曾子との間の、次のような問答が見える。

子《し》の曰《のたま》わく、参《しん》よ、吾が道は一《いつ》以てこれを貫く。曾子の曰《い》わく、唯《い》。子出《い》ず。門人問うて曰わく、何の謂《い》いぞや。曾子の曰わく、夫子《ふうし》の道は**忠恕**のみ。

（先生がいわれた、「参《しん》よ、わが道は一つのことで貫かれている。」曾子は「はい。」といわれた。先生が出てゆかれると、門人がたずねた、「どういう意味でしょうか。」曾子はいわれた、「先生の道は忠恕のまごころだけです。」）

（『論語』金谷治訳注、岩波書店）

文中の「参」は、門人の曾子のこと。曾子については第四章の五の中で言及したので、ここでは割愛する。いずれにしろ、たくさんいる若手の門人の中でも、孔子が顔回なきあとのホープと目していた人物である。

その向後を託さんとする曾子に、孔子は自分の行動規範としているもの、すなわちモットーを語って聞かせたのである。

だが最後まではいわない。「自分の道は一貫しているぞ」と謎かけみたいなことを言って、それで終わり。ふだんから孔子の言行を観察し、その中から教えを汲み取っている門人にしかわからない。だから、ほかの門人たちには孔子の心中を察することができず、曾子に尋ねたのである。曾子は、さすがに孔子期待の門人だけのことはある。わずかな片言隻句から孔子の思想の神髄を喝破したのだ。その神髄こそが「忠恕」である。

この章の終わりに、訳注者の金谷氏が「忠恕」に注を付けておられる。それによると、「忠」は、内なるまごころに背かぬこと、「恕」は、まごころによる他人への思いやり、とある。この注は、朱子学の大成者朱熹の注を踏まえてのものだろう。

朱熹はこの「忠恕」に、「己を尽くす、これを忠と謂い、己を推す、これを恕と謂う」(『論語集注《しっちゅう》』)という注を付けている。己のまごころを尽くすのが「忠」であり、その己のまこころを他人にまで推し及ぼすこと、つまり「思いやり」が「恕」であるというのである。当の孔子は、この「恕」について、衛霊公《えいのれいこう》編で次のように述べている。

子貢問うて曰《い》わく、一言にして以て終身これを行なうべき者ありや。子の曰《のたま》わく、其れ恕か。己れの欲せざる所、人に施すこと勿《な》かれ。

（門人の子貢がお尋ねして言った、「ひとことだけで一生行なっていけるということがありましょうか。」先生は言われた、「まあ恕だね。自分の望まないことは人にも仕向けないことだ。」）（同前）

この「己れの欲せざる所、人に施すこと勿かれ」という文句は、『論語』を代表する言葉で、誰しも一度は耳にしていると思う。「自分のしてほしくないことは他人にもするな。」これはまさに他人への思いやりである。

実は論語にはこの同じ文句が顔淵編にも出てくる。それは、門人の仲弓が「仁」について尋ねたとき、孔子はいくつかの具体例とともにこの言葉を持ち出して仁を説明している。

このことから考えると、「忠（己のまごころ）」を人にまで推し及ぼす「恕（思いやり）」、あるいはこの二つを一つにまとめた「忠恕（まごころと思いやり）」は、孔子の中心思想である「仁」と内容的には同じ概念なのである。

西郷は「忠恕」または「仁」を己の行動規範として常に意識し、「禍福」を問わず、どのような事態においても、その規範から外れた行動をとることはなかったと確信していたのである。

ところで、この孔子の言葉と同じように「思いやり」の大切さを説いたイエスの言葉が、新約聖書の「マタイの福音書」および「ルカの福音書」に見える。

人にしてもらいたいと思うことは、何でも、あなたがたも人にしなさい。

（漢文訓読調に直すと「己の欲する所、人に施せ」となる。）

これはキリスト教の世界では黄金律と呼ばれ、隣人愛についての重要な教えとして尊ばれている。さきの孔子の言葉が否定的表現であったのに対して、このイエスの言葉は肯定的表現を使って「思いやり」の精神の大切さを説いている点が面白い。結局、どこにいようと聖人の考えつく真理は同じなのである。

さて、西郷の信奉した「忠恕」「仁」の教えは、キリスト教で説く「隣人愛」の教えに通じるものであることがここで明らかになった。西郷は、論語から得た「忠恕」「仁」の教えを自分なりに咀嚼して、いよいよクリスチャンの内村鑑三をも感歎させる「敬天愛人」の思想へと高めていくのであるが、それについては次に譲ることにする。

三、千秋《せんしゅう》不《ふ》動《どう》一声《いっせい》の仁《じん》――敬天愛人――

先ほど述べたように、西郷は、辞世の詩を残さなかった。また、遺言も遺さなかった。ただ、遺言ではないが、生前それに近いアドバイスみたいなものを含んだ詩を詠んでいる。次の「示二子弟一」（子弟に示す）」と題する詩は、文字通り子弟に向けたメッセージなわけだが、広く捉えると、近親者を越えたすべての人に向けた西郷のメッセージということもできよう。

示二子弟一　　子弟《してい》に示《しめ》す

学レ文無レ主等二痴人一
認二得天心一志気振
百派紛紜乱如レ線
千秋不動一声仁

文《ぶん》を学《まな》ぶも主《しゅ》無《な》くんば痴人《ちじん》に等《ひと》し
天心《てんしん》を認得《にんとく》すれば志気《しき》振《ふる》ふ
百派紛紜《ひゃっぱふんうん》として乱《みだ》るること線《いと》のごときも
千秋不動一声《せんしゅうふどういっせい》の仁《じん》

学問をしても、仕えるべき主人（天）が念頭にないのなら、学問をしない愚か者と同じだ
自分が従おうとする天の心をしっかり認識できれば、志気もおのずと奮い立つのだ
多くの思想が糸のように入り乱れていても
真理として永遠に揺るがないのは、仁の一語である

○文…学問。とりわけ聖賢の著した古典。○主…従うべき主人。ここではすべての主宰者である天のこと。○紛紜…複雑に入り乱れるさま。○千秋…千年、つまり永遠。

この詩は、起句と承句で、学問の目的が天心（天意）を認識すること、つまり「敬天」にあるとし、結句で、その天心が「仁」に他ならないこと、つまり「愛人」であることを詠んでいるのである。

「敬天」とは、この世の森羅万象を司《つかさど》っている天の意志に逆らわず、謹んでその命（天命）を受け容れ、それに従って生きていくことをいう。西郷南洲顕彰会が出している『西郷隆盛漢詩集』にある一九七首中に、「天」という語の出てくる詩は三十一首あり、そのうち、単なる「空」の意の「天」を除いた、宇宙の主宰者としての「天」の用例のある詩は十一首ある。西郷が「天」というものを強く意識していた表れといってよかろう。

天に対する畏敬の念を、西郷はいつごろから抱くようになったのだろうか。それは、おそらく入水事件で蘇生したことがきっかけになったのではなかろうか。

第一章の三で述べたように、西郷は、藩から月照を斬るように命令され、進退窮まって、冷たい冬の錦江湾に一緒に身を投げた。だが、月照はそのまま絶命し、西郷は奇跡的に息を吹き返した。

この蘇生の体験こそ、西郷が天の意志なるものに気付き、その後の西郷の生き方を決定づけた最大の出来事であったように思う。海音寺潮五郎はその時の西郷の気持ちを推し測り、小説『西郷隆盛』で次のように描写している。

「月照との事件の後、さんたんたる苦悩の末に彼は敬天の信仰に達し、それ以後、彼は自殺は小我をもって天命を限定するものだと信じて、いかなる艱苦《かんく》、いかなる恥辱にも決して自殺を思わず生き抜いてきたのです。」

この一節にもうかがえるように、西郷はたぶん、月照が死んで自分が生き残ったということは、自分にはまだやらなければならないことが残っているからだ、天の使命が自分にまだある限り、勝手に自分から命を絶つことはできない、これからはあくまで天命に従った生き方をしていこう、という心境に達したに違いない。

一方、「愛人」とは、文字通り人を愛することで、儒教で言えば、この詩に出てきた「仁」であり、仏教では「慈悲」、キリスト教では「隣人愛」と称されるものである。

では、西郷における「愛人」という思想は、どこから生まれたのか。ひとつには、前章の六のところ（→200ページ）で触れた陳竜川の「畏天愛民」の思想的影響が大きかったに違いない。

ただ、「愛民」思想は、「民」に慈愛を施すという、上からの為政者目線の段階にとどまっているわけで、これが「愛人」思想、すなわち、地位や身分に関係なく、すべての人を平等に愛するという、普遍的な「愛」の段階にまで発展するためには、藩という権力機構の外に身を置き、自身を罪人の身にまで貶めるという島流しの経験を踏まなければならなかった。

つまり、西郷の場合、五年余りにも及ぶ遠島生活で、自身の精神が鍛えられたばかりでなく、圧政のもとで、ぎりぎりの生活を余儀なくされている島の人々の実情をつぶさに見ることによって、本来の情愛深さに加えて、いっそう虐げられた人々に対する同情・仁愛の気持ちが心の奥に育まれたものと思う。

このように、西郷が「敬天愛人」らしき思想を抱くようになったのは、かなり以前からのことであるが、実際にこの言葉を座右の銘にするようになったのは、これを人に揮毫して与えた書が明治八年(一八七五年)以降のものばかりであることから、遺韓論に敗れて鹿児島に戻って以降ということになる。

近代のキリスト教思想家・内村鑑三は、その著書『代表的日本人』で、尊敬する人物として最初に西郷の名を挙げ、彼の「敬天愛人」という思想が、神を敬い、隣人愛を実践するというキリストの教えに極めて近いことを指摘し、西郷は神の声を聞いていたのではないかとまで述べている。

内村鑑三にそこまで言わしめるほど、西郷の「敬天愛人」の思想は、キリストの説いた「神への愛」と「隣人愛」を彷彿とさせるものである。そのことは、『西郷南洲遺訓』にある次の言葉を見ても明らかである。

西郷隆盛書「敬天愛人」(鹿児島県立図書館所蔵)

「道は天地自然の物にして、人は之を行うものなれば、天を敬するを目的とす。天は人も我も同一に愛し給うゆえ、我を愛する心を以て人を愛する也。」

(人の道は天地自然の道であり、人はその天地自然の道を行うものであるから、天を敬うことを目的とする。天は他人も自分も同等に愛してくださるものであるから、〔天に倣って我々人間も〕自分を愛する心で他人をも愛することだ。)

実は、この「敬天愛人」という言葉は、西郷が初めて用いたわけではない。すでに中国の清朝の康熙帝《こうきてい》が、一六七一年にこの語を扁額（高い所に掲げる額）に書いて、中国で宣教活動をしていたローマ・カトリックのイエズス会に贈ったのが最初だといわれている。

では、わが国では西郷が最初かというと、これまた先人がいて、近代の啓蒙思想家でクリスチャンでもある中村正直が、その翻訳書『西国立志編《さいごくりっしへん》』（一八七一年）の訳者緒論でこの語を用いて以来、世人の知るところとなった。しかし、本当の初めの初めは、これより三年前の明治元年（一八六八年）に、同じ中村がイギリスから帰国して早々、そのものずばり、「敬天愛人説」という論文を書いている。

西郷は、おそらく在京当時（明治四年）のベストセラーであった『西国立志編』を目にする機会があり、日ごろ自分が心掛けている生き方を見事に表現している言葉だと思い、我が意を得たりと膝を打って、「敬天愛人」の語を脳裡に刻んだのだろう。

その後、西南戦争という突発的な出来事が起こるまでの数年間は、この「敬天愛人」を自分の行動原理として、自分に対しても、人に対しても、誠実に生きようとしたのである。

収録漢詩一覧

※カッコ内は第一句

◆第一章

高崎五郎右衛門十七回忌日賦焉㈠（不道厳冬冷）
高崎五郎右衛門十七回忌日賦焉㈡（歳寒松操顕）
月照和尚忌日賦（相約投淵無後先）

◆第二章

偶成（天歩艱難繋獄身）
偶成（獄裡氷心甘苦辛）
獄中有感（朝蒙恩遇夕焚阬）
偶成（雨帯斜風叩敗紗）
失題（坐窺古今誦陳編）

◆第三章

偶成（誓入長城不顧身）
題子房図（守哲無如鈍）
読田単伝（連子予知攻狄時）
詠史（世間多少失天真）
平重盛（闔門栄顕肆猖狂）

◆第四章

失題（柴門曲臂絶逢迎）
武村卜居作（卜居勿道倣三遷）
秋暁（蟋蟀声喧草露繁）
示外甥政直（一貫唯唯諾）
偶成（厳寒勉学坐深宵）
待友不到（平素蘭交分外香）

◆第五章

志感寄清生兄（去来朝野似貪名）
奉寄吉井友実雅兄（如今常守古之愚）
感懐（幾歴辛酸志始堅）
蒙使於朝鮮国之命（酷吏去来秋気清）
冬夜読書（風鋒推戸凍身酸）
辞闕（独不適時情）

◆第六章

偶成（我家松籟洗塵縁）

題残菊（老圃残黄菊）

閑居重陽（書窓蕭寂水雲間）

偶成（淡雲擁屋毎春暄）

田猟（提銃携獒如攻敵）

寄村舎寓居諸君子（躬耕将暁初）

賀正（彭祖何希犬馬年）

偶成（生涯不覓好恩縁）

村居即目（十里坡塘引興長）

秋夜客舎聞砧（秋深風露客衣寒）

◆第七章

題韓信出胯下図（盛名令終少）

失題（禍福如何転倒心）

示子弟（学文無主等痴人）

計三十八首

西郷隆盛略年表

※西暦は新暦
※漢詩は本書収録のもののうち、制作年がおおよそ明らかになっているものに限り示した

年号（西暦）	満年齢	主な出来事	漢詩
文政一一（一八二八）	〇歳	・父・吉兵衛、母・マサの長男として生まれる	
天保四（一八三三）	五歳	・儒学を学び始める ・長弟・吉二郎誕生	
天保一四（一八四三）	一五歳	・次弟・従道誕生	
弘化元（一八四四）	一六歳	・郡方書役助となる	
弘化四（一八四七）	一九歳	・末弟・小兵衛誕生 ・郷中の二才頭になる	
嘉永三（一八五〇）	二二歳	・高崎崩れ（お由羅騒動）により赤山靱負切腹 ・無参和尚に禅を学ぶ	
嘉永五（一八五二）	二四歳	・スガと結婚 ・父、母、死去	

安政元（一八五四）　二六歳	・島津斉彬に従い江戸に上り、庭方役に任命される ・藤田東湖に出会う ・スガと離婚	
安政四（一八五七）　二九歳	・橋本左内とともに将軍継嗣問題に奔走	
安政五（一八五八）　三〇歳	・島津斉彬急死 ・月照の説得により殉死を思いとどまる ・安政の大獄 ・月照とともに入水。一人蘇生する ・名を「菊池源吾」と変え、奄美大島に潜居	
安政六（一八五九）　三一歳	・愛加那と結婚	
万延元（一八六〇）　三二歳	・桜田門外の変 ・島津久光が藩の実権を掌握	
文久元（一八六一）　三三歳	・庶子・菊次郎誕生 ・藩より召還命令を受ける	
文久二（一八六二）　三四歳	・久光の率兵上洛に際し、京阪の尊皇激派を統制すべく、下関での待機命令に背く ・久光の怒りを買い、徳之島へ流罪となる ・菊子誕生	（偶成〔天歩艱難繋獄身〕 →二八ページ）

	・沖永良部島への遠島処分を受ける ・格子牢入牢ののち土持政照の配慮により座敷牢に移る	(または文久三)獄中有感 →三八ページ
文久三(一八六三) 三五歳	・陽明学者・川口雪篷に出会い、詩作と書の練習に励む ・薩英戦争	偶成(獄裡氷心甘苦辛) →三四ページ 偶成(雨帯斜風叩敗紗) →四六ページ
元治元(一八六四) 三六歳	・大久保利通の進言により召還され、軍賦役となる ・禁門の変 ・第一次長州征伐 ・坂本龍馬と初めて面会 ・勝海舟と大阪で初めて会見 ・下関で長州藩を解兵させる	偶成(誓入長城不顧身) →六四ページ
慶応元(一八六五) 三七歳	・岩山直温の次女・イトと結婚 ・第二次長州征伐。出兵を拒否	高崎五郎右衛門十七回忌日賦焉(一)→五ページ 高崎五郎右衛門十七回忌日賦焉(二)→九ページ
慶応二(一八六六) 三八歳	・薩長同盟締結 ・嫡子・寅太郎誕生 ・大目付・陸軍掛を命じられる ・大目付を返上	

慶応三（一八六七）三九歳	・王政復古の大号令発布	
明治元（一八六八）四〇歳	・江戸薩摩藩邸焼き討ちに遭う ・鳥羽・伏見の戦い ・海陸軍掛・徴士に任命されるが、徴士を辞退 ・海舟の使いで来た山岡鉄舟と会う ・田町で海舟と面談 ・江戸城無血開城 ・彰義隊を破る ・北越地方平定。新潟で弟・吉二郎戦死 ・荘内藩に対し寛大な戦後処理をする ・鹿児島に凱旋。日当山温泉に隠棲	
明治二（一八六九）四一歳	・上之園から武村に転居 ・島津忠義より藩の参政に任命される ・正三位を辞退するも認められず ・位階授与に際し、誤って名を父の「隆盛」で届け出られ、以後「隆盛」を使用	武村卜居作→一〇〇ページ
明治三（一八七〇）四二歳	・参政を辞職。相談役に任命される ・次男・午次郎誕生 ・正三位の返上が許される ・太政官より鹿児島藩大参事に任命される	月照和尚忌日賦 →一八ページ 題韓信出胯下図 →二三一ページ

明治四（一八七一）四三歳	・参議に任命され、正三位に叙される ・廃藩置県断行 ・政府要人による海外視察中に留守政府を預かる	志感寄清生兄→一二八ページ 感懐→一四三ページ
明治五（一八七二）四四歳	・天皇の西国巡幸に随行 ・甥・政直が米海軍兵学校に留学	示外甥政直→一一二ページ
明治六（一八七三）四五歳	・陸軍大将兼参議に任命される ・海外視察組帰国 ・三男・酉三誕生 ・朝鮮への使節派遣を主張。自ら使節を志願 ・遺韓論争に敗れ、下野。武村に住む	奉寄吉井友実雅兄→一三四ページ 蒙使於朝鮮国之命→一五一ページ 辞闕→一六三ページ 偶成（我家松籟洗塵縁）→一七一ページ
明治七（一八七四）四六歳	・私学校を設立	
明治八（一八七五）四七歳	・吉野開墾社を設立	（または明治七）題残菊→一七四ページ 賀正→二〇三ページ
明治一〇（一八七七）四九歳	・西南戦争 ・城山岩崎谷で自決	

人物相関図

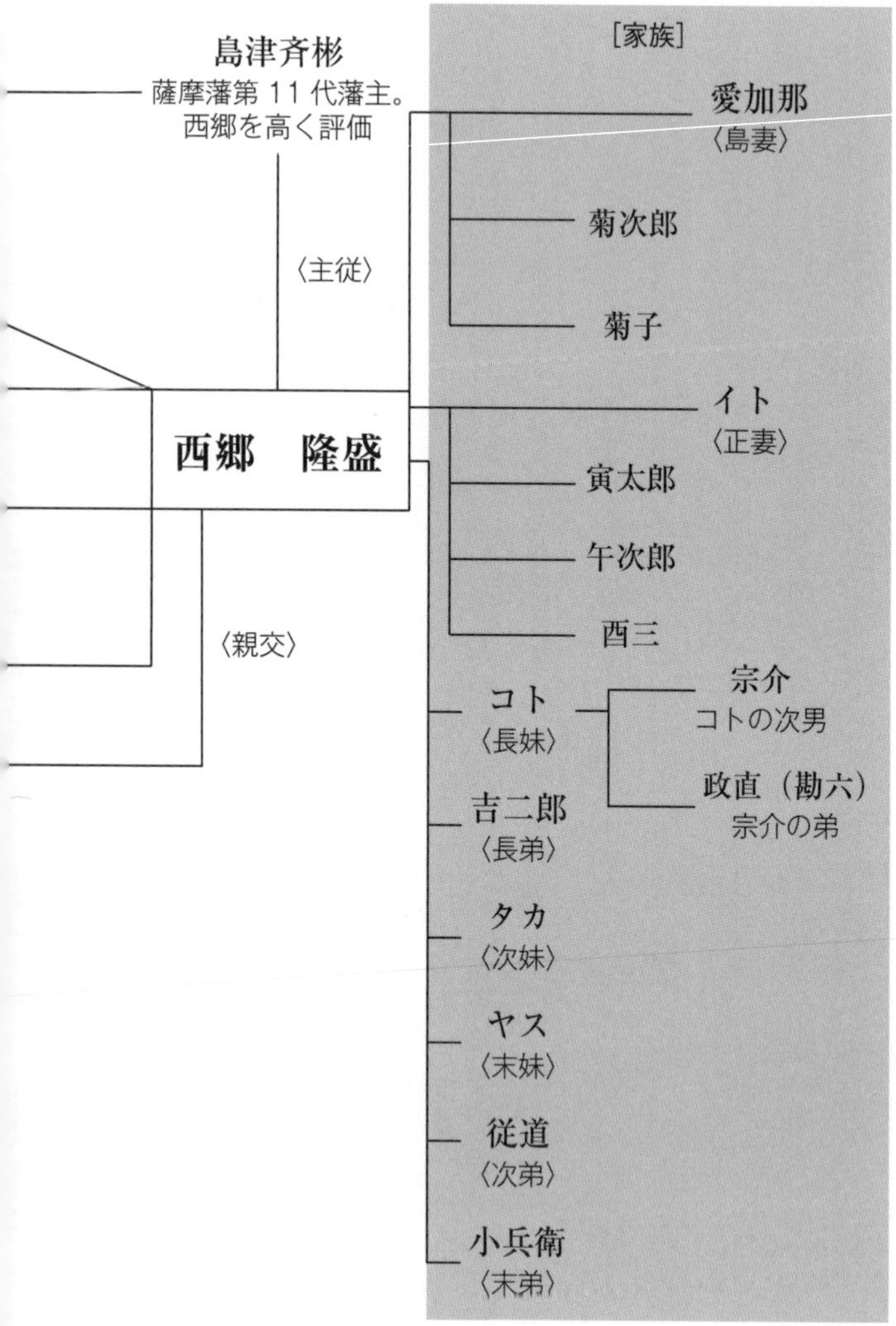
島津斉彬
薩摩藩第11代藩主。
西郷を高く評価
〈主従〉
西郷　隆盛
〈親交〉
[家族]
愛加那
〈島妻〉
菊次郎
菊子
イト
〈正妻〉
寅太郎
午次郎
酉三
コト
〈長妹〉
宗介
コトの次男
政直（勘六）
宗介の弟
吉二郎
〈長弟〉
タカ
〈次妹〉
ヤス
〈末妹〉
従道
〈次弟〉
小兵衛
〈末弟〉

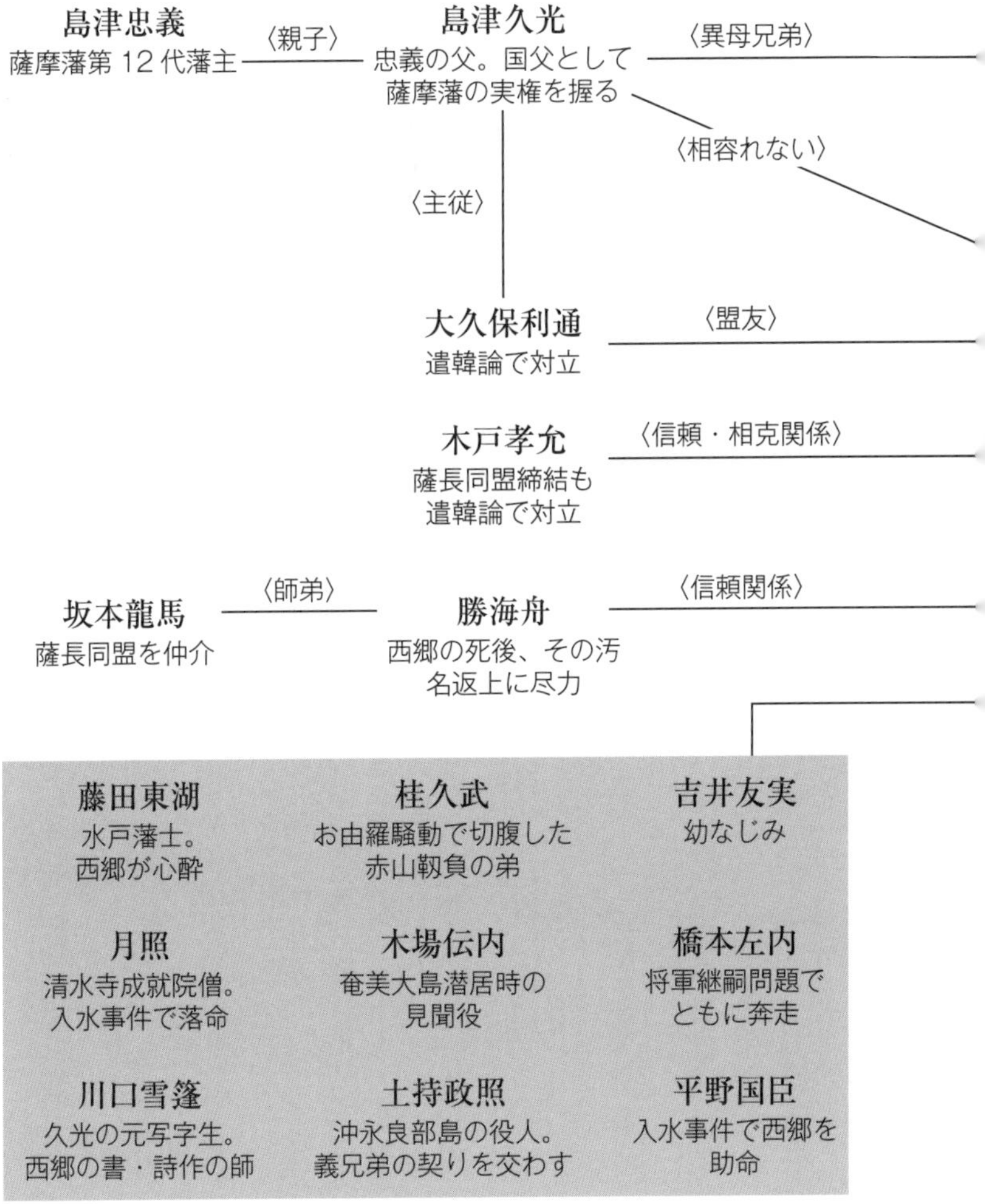
島津忠義
薩摩藩第12代藩主
〈親子〉
島津久光
忠義の父。国父として
薩摩藩の実権を握る
〈異母兄弟〉
〈相容れない〉
〈主従〉
大久保利通
遺韓論で対立
〈盟友〉
木戸孝允
薩長同盟締結も
遺韓論で対立
〈信頼・相克関係〉
〈師弟〉
坂本龍馬
薩長同盟を仲介
勝海舟
西郷の死後、その汚
名返上に尽力
〈信頼関係〉
藤田東湖
水戸藩士。
西郷が心酔
桂久武
お由羅騒動で切腹した
赤山靭負の弟
吉井友実
幼なじみ
月照
清水寺成就院僧。
入水事件で落命
木場伝内
奄美大島潜居時の
見聞役
橋本左内
将軍継嗣問題で
ともに奔走
川口雪篷
久光の元写字生。
西郷の書・詩作の師
土持政照
沖永良部島の役人。
義兄弟の契りを交わす
平野国臣
入水事件で西郷を
助命

参考文献

浅見絅斎（一九三九）『靖献遺言』五弓安二郎訳註、岩波文庫
池波正太郎（二〇〇六）『西郷隆盛』角川文庫
井上清（一九七〇）『西郷隆盛』（上・下）中公新書
上田滋（一九九〇）『西郷隆盛の思想―道義を貫いた男の心の軌跡』ＰＨＰ研究所
内村鑑三（一九九五）『代表的日本人』鈴木範久訳、岩波文庫
小川環樹・今鷹真・福島吉彦（一九七五）『史記列伝㈢』岩波文庫
小川原正道（二〇〇七）『西南戦争　西郷隆盛と日本最後の内戦』中公新書
落合弘樹（二〇〇五）『西郷隆盛と士族』吉川弘文館
小野寺時雄（二〇〇七）『南洲翁遺訓に学ぶ』荘内南洲会
海音寺潮五郎（一九六九‐七七）『西郷隆盛』角川文庫
加来耕三（一九九七）『西郷隆盛と薩摩士道』高城書房
勝海舟著、勝部真長編（一九七二）『氷川清話』角川ソフィア文庫
金岡照光編（一九九一）『中国故事成語辞典』三省堂
駒田信二・常石茂編（一九九六）『中国の故事と名言五〇〇選』平凡社
西郷隆盛全集編集委員会（一九七九）『西郷隆盛全集　第四巻』大和書房
齋藤希史（二〇〇七）『漢文脈と近代日本』ＮＨＫブックス
諏訪原研（二〇〇二）『漢語の語源ものがたり』平凡社新書
諏訪原研（二〇〇八）『四字熟語で読む論語』大修館書店
田中万逸（一九三四）『大西郷秘史』武侠世界社
東郷實晴（一九八五）『西郷隆盛―その生涯』斯文堂

藤堂明保（一九八六）『漢字の話（上）』朝日新聞社
中島敦（一九六八）『李陵・山月記・弟子・名人伝』角川文庫
西田実（二〇〇五）『大西郷の逸話』南方新社
林秀一（一九六七）『新釈漢文大系　十八史略』明治書院
松浦玲（二〇一一）『勝海舟と西郷隆盛』岩波新書
松枝茂夫（一九八三-八四）『中国名詩選』岩波文庫
松枝茂夫（一九九〇）『陶淵明全集』和田武司訳注、岩波文庫
松尾千歳（二〇一四）『西郷隆盛と薩摩』吉川弘文館
松尾善弘（二〇一〇）『西郷隆盛漢詩全集』斯文堂
目加田誠（一九九六）『漢詩大系9　杜甫』集英社
山田尚二（一九九二）『詳説 西郷隆盛年譜』西郷南洲顕彰会
山田済斎編（一九三九）『西郷南洲遺訓』岩波文庫
山田尚二・渡辺正（二〇〇八）『増補 西郷隆盛漢詩集』西郷南洲顕彰会
頼山陽（一九七六・改訳版）『日本外史（上）』頼成一・頼惟勤訳、岩波書店
――（一九六八-七二）『孟子』小林勝人訳注、岩波文庫
――（一九七一-八三）『荘子』金谷治訳注、岩波文庫
――（一九九四）『韓非子』金谷治訳注、岩波文庫
――（一九九五）『江戸漢詩選4　志士』坂田新注、岩波書店
――（一九九九）『論語』金谷治訳注、岩波文庫
松尾善弘（二〇〇九）「西郷隆盛の漢詩と中国古典」、『アジアの歴史と文化』巻13号
有馬卓也（二〇〇四）「西郷隆盛の詩想―みずからへのまなざし」、『言語文化研究』11

あとがき

西郷隆盛は誰でも知っているだろうと思っていたが、最近はそうでもないらしい。私の教えている予備校のあるクラスで、西郷の逸話を持ち出したところ、受けがもう一つよくない。おかしいなと思い、明治維新で活躍したあの西郷隆盛のことだよ、と念を押すと、日本史は取ってないのでそんな人知りません、というそっけない答えが返ってきた。

鹿児島の子供は、島津斉彬や久光は知らなくても、西郷どんは知っている。私も幼い頃から西郷隆盛の名は聞いていた。ただ、どういう人なのかはよく知らなかった。大好きなボンタン飴やかるかん菓子のラベルに、桜島や⊕の島津家の家紋とともに西郷の絣姿がよく描いてあったので、昔の殿様ぐらいに思っていた。西郷が殿様ではなく一介の下級武士に過ぎなかったと知ったのは、中学校の社会科で明治維新のことを教わってからである。

西郷を知らない若者が増えてきているのは、受験科目以外の知識を無用とする今の学校教育のせいもあろうが、もう一つは、若者文化を支えている媒体が、かつてのテレビや映画や書物などから、パソコンや携帯に移り、いよいよ歴史と無縁になってきたからだろう。

そういう現代文化の渦巻くなかに、西郷に関する本を、しかも漢詩の解説書を世に出すことは、二重に無謀なことかもしれない。しかし、歴史に関心を抱いている人は少なくないはずで、歴史上の人物から人生の教訓を得ようとする人々もまだまだいるに違いない。そういう読者の存在に一縷の望みを託して、敢えてここに一石を投じることにした。

来年（二〇一八年）は明治維新が成ってから一五〇年の節目を迎える。西郷に関連する新たな書籍の出版も予想され、ただでさえ過多気味な西郷本がさらに上積みされることになりそうだ。そのような状況の中で、漢詩を通して西郷の心に直に触れることを目的として書いたこの本が、大海の藻屑と消えてしまわないことを祈るばかりである。

本書が成るにあたっては、編集部の向井みちよさんに大変お世話になった。本文中に参考資料として掲載されている図版の選定や、巻末の西郷隆盛略年表、及び人物相関図の作成においては、ずぼらな私に代わってご尽力いただいた。ここに改めて御礼申し上げる。

二〇一七年九月九日

諏訪原　研

[著者紹介]

諏訪原　研（すわはら　けん）
1954年，鹿児島県に生まれる。
大阪大学文学部卒業。
現在，河合塾講師。福岡市在住。
著書―『ちょっと気の利いた漢文こばなし集』（大修館書店，1999），
『十二支の四字熟語』（大修館書店，2005），
『四字熟語で読む論語』（大修館書店，2008），
『漢文とっておきの話』（大修館書店，2012），
『漢語の語源ものがたり』（平凡社新書，2002）。

〈漢詩から読み解く〉
西郷隆盛《さいごうたかもり》のこころ

NDC921/viii, 263p/19cm

初版第１刷――2017年11月20日

著者――諏訪原《すわはら》 研《けん》
発行者――鈴木一行
発行所――株式会社 大修館書店
〒113-8541 東京都文京区湯島2-1-1
電話03-3868-2651（販売部） 03-3868-2293（編集部）
振替00190-7-40504
［出版情報］ http://www.taishukan.co.jp

装丁者――奥定泰之
印刷所――壮光舎印刷
製本所――ブロケード

ISBN978-4-469-21366-9
Printed in Japan